没有怜悯的爱是一个孩子伸出的手,
一只拖着沉重步伐的巨兽,一盏暖色房间里裸露的灯泡,
一颗被小丑践踏着、藏在迷人皮肤下的心。

Love without pity is a child's hand reaching, a behemoth trampling, a naked bulb within a room of delicate tones, a clown outraging.
The heart beneath the ravished, ravisher skin.

桂冠诗人诗选

尼古拉斯·布莱克 桂冠推理全集

The Beast Must Die

禽兽该死

尼古拉斯·布莱克——著
周小进——译

上海文艺出版社
上海故事会文化传媒有限公司

尼古拉斯·布莱克桂冠推理全集（全16册）
编委会

总策划：夏一鸣

主　编：黄禄善

副主编：陶云韫

编辑成员

（按姓氏笔画为序排列）

丁娴瑶　王琦　田芳　吕佳　朱虹　孟文玉

赵媛佳　夏一鸣　陶云韫　黄禄善　曹晴雯　彭元凯

名家导读

提起英国黄金时代侦探小说的代表性作家,很多人马上就会想到阿加莎·克里斯蒂(Agatha Christie, 1890-1976)。确实,这位昔时光顾伦敦侦探俱乐部的"常客",自出道以来,累计创作悬疑探案小说81部,总销售量近20亿册,是地地道道的"侦探小说女王"。不过,在当时的英国,还有一位男性侦探小说家,其创作才能一点也不亚于阿加莎·克里斯蒂,只不过他的身份比较显赫,甚至有点令人生畏。尼古拉斯·布莱克(Nicholas Blake, 1904-1972),这个生于爱尔兰、长于伦敦、后来活跃在诗坛的"怪才",不但拥有牛津大学和哈佛大学教授、英国桂冠诗人、大不列颠功勋骑士、战时宣传口掌门、左翼社会活动家等多种显赫身份,还在出版大量彪炳史册的诗歌集、论文集、译著的同时,客串侦探小说创作,成就十分突出。说来让人难以置信,他创作侦探小说的原因竟然是囊中羞涩,无法支付居住已久的房屋的维修费。在给自己的诗友、同为桂冠诗人的斯蒂芬·斯潘德(Stephen Spender, 1909-

1995）的信中，他坦言，因为担心失业，一直想写些可以盈利的书。于是，一套以"奈杰尔·斯特雷奇威"（Nigel Strangeways）为业余侦探主角的悬疑探案小说诞生了。

该套小说共计16部，始于1935年的《罪证疑云》（*A Question of Proof*），终于1966年的《死后黎明》（*The Morning after Death*），陆续问世后，均引起轰动，一版再版，畅销不衰，并被译成多种文字，风靡欧美多地。直至今天，这套作品依然作为西方犯罪小说的经典被顶礼膜拜。《纽约时报》《泰晤士报文学增刊》《每日电讯》等数十家报刊连篇累牍地发表评论，称赞这套小说是西方侦探小说的"杰作"，"值得倾力推荐"。知名小说家伊丽莎白·鲍恩（Elizabeth Bowen）说，尼古拉斯·布莱克"拥有构筑谜案小说的非凡能力"，"在英国侦探小说史上独树一帜"。当代著名评论家尼尔·奈伦（Neil Nyren）也说，尼古拉斯·布莱克不愧为"神秘小说大师"，"在西方侦探小说从通俗到主流的文学转型中起着重要作用"。[①]

人们之所以热捧尼古拉斯·布莱克，首先在于这套悬疑探案小说构筑了16个扑朔迷离的故事情节。尼古拉斯·布莱克熟谙黄金时代侦探小说的各种创作模式，在他的笔下，既有引导读者亦步亦趋的"谜踪"，又有适时向读者交代的"公平游戏原则"；既有转移读者注意力的"红鲱鱼"，又有展示不可能犯罪的"封闭场所谋杀"。而且，一切结合得十分自然，不留任何痕迹。譬如，该系列的第二部小说《死亡之壳》（*Thou*

[①] Neil Nyren. "Nicholas Blake: A Crime Reader's Guide to the Classics", https://crimereads.com, January 18, 2019.

Shell of Death》，功勋飞行员费格斯不断收到匿名威胁信，断言他将在节日当天毙命。以防万一，费格斯请来了破案高手奈杰尔·斯特雷奇威。然而，劫数难逃，在节日家宴后，费格斯还是神秘死亡。凶手究竟是谁？为何要选择节日当天谋杀他？谋杀动机又是什么？种种线索指向参加节日家宴的、有可能从谋杀中获益的一些嘉宾，其中包括富有传奇色彩的女探险家乔治娅·卡文迪什，她与费格斯来往甚密。与此同时，奈杰尔·斯特雷奇威也开始调查死者费格斯鲜为人知的过去。又如该系列的第四部小说《禽兽该死》(The Beast Must Die)，故事以侦探小说家弗兰克的日记开头，讲述他6岁的儿子突遇车祸，肇事司机逃逸，由此他悲愤交加，展开了追查禽兽的历程。故事最后，复仇者锁定嫌疑人，并潜入嫌疑人家中，准备实施谋杀。然而，当东窗事发，弗兰克却坚称自己无罪。事情真相究竟如何？弗兰克是有罪，还是无罪？奈杰尔·斯特雷奇威依据严密的推理，做出了出乎众人意料的判断。再如该系列的第14部小说《夺命蠕虫》(The Worm of Death)，开篇即以死者之口预告了自身的死亡，设置了"自杀还是谋杀"的悬念。死者名为皮尔斯·劳登，是一个医学博士，他的尸体突然出现在泰晤士河中，全身只穿有一件粗花呢大衣，手腕处还有数道相同的刀伤。奈杰尔·斯特雷奇威奉命介入调查，似乎所有家庭成员都对死者抱有敌意，所有人都有强烈的作案动机，包括深受博士喜爱的养子格雷厄姆，次子哈罗德，还有小女儿瑞贝卡——死者曾坚决反对她与艺术家男友的婚恋。随着调查深入，家中发生的又一起死亡事件陡然加剧了紧张局势。恶意谋杀仍在继续，奈杰尔·斯特雷奇威不得不加快脚步。与此同时，他也在一艘腐烂的驳船上发现了令人毛骨悚然的事实真相。

不过，尼古拉斯·布莱克毕竟是驰骋在诗坛多年的"桂冠诗人"，他在构筑上述扑朔迷离的故事情节的同时，还有意无意地融入了许多纯文学技巧。故事行文优美，引语典故不断，清新、优雅的风韵中又不乏幽默，尤其是在刻画人物的心理和展示作品的主题方面狠下功夫。一方面，《酿造厄运》(There's Trouble Brewing)通过一家酿酒厂里的奇异命案，展现了资本家的贪婪、人性的扭曲和底层劳动者的苦苦挣扎；另一方面，《深谷谜云》(The Dreadful Hollow)又通过偏僻山村一系列匪夷所思的恐怖事件，展示了一幅幅极其丑陋的贪婪、嫉恨、复仇的图画；与此同时，《雪藏祸心》(The Corpse in the Snowman)还通过侦破豪华庄园一起诡异的"闹鬼"事件，反映了二战期间英国毒品的泛滥和上流社会的骄奢淫逸、人性丑陋。最值得一提的是《游轮魅影》(The Widow's Cruise)，该书的故事场景设置在希腊半岛东部的爱琴海上，与阿加莎·克里斯蒂的《尼罗河上的惨案》有异曲同工之妙，两者均通过游轮上一起离奇古怪的命案，揭示了人性的弱点与步入歧途的道德激情。

一般认为，尼古拉斯·布莱克对英国黄金时代侦探小说的最大贡献是塑造了栩栩如生的学者型业余侦探奈杰尔·斯特雷奇威这个人物形象。在他的身上，几乎汇集了之前所有业余侦探的人物特征。他既像吉·基·切斯特顿(G. K. Chesterton, 1874-1936)笔下的"布朗神父"，善于同邪恶打交道，洞悉罪犯的犯罪心理；又像阿加莎·克里斯蒂笔下的"前比利时警官波洛"，在与人的交往中十分随和，富有人情味；还像多萝西·塞耶斯(Dorothy Sayers, 1893-1957)笔下的"彼得·温西勋爵",风度翩翩,敏感、睿智、耿直的外表下蕴藏着几丝柔情。然而,比这些更重要的是,他还像尼古拉斯·布莱克及其几个诗友,温文尔雅,具有牛津大学教育背景,是个学者,以中古时期英格兰和苏格兰诗歌为研究对象,出版有多部相关专著,断案时喜欢"引经据典"。每每,他卷入这样那样的复杂疑案调查,或受朋友之嘱、亲属之托,如《罪证疑云》《雪藏祸心》;或直接听命于警官,如《饰盒之谜》(The Smiler with the Knife)、《谋杀笔记》(Minute for Murder);或路见不平,拔刀相助,如《暗夜无声》(The Whisper in the Gloom)、《游轮魅影》。

如此种种不凡的作者自身形象和人生轨迹,还屡见于小说的场景设置和其他人物塑造。譬如《亡者归来》(Head of a Traveler)和《诡异篇章》(End of Chapter),两部小说均设置了文学领域的疑案场景,而且案情也以"诗歌"为重头戏。前者描述奈杰尔·斯特雷奇威敬仰的大诗人罗伯特·西顿的美丽庄园发生的无头尸案,其人物原型正是尼古拉斯·布莱克昔时崇拜的偶像威·休·奥登(W. H. Auden, 1907-1973);而后者聚焦某出版公司编辑的一部书稿,许多细节描写来自尼古拉斯·布莱克二战期间担任国家宣传口负责人的经历。又如《罪证疑云》和《死后黎明》,两部小说也都以尼古拉斯·布莱克熟悉的校园生活为场景,案情分别涉及英国的一所预备学校和一所以哈佛大学为原型的卡伯特大学,其中,前者的嫌疑人迈克尔·埃文斯的不幸遭遇,与尼古拉斯·布莱克早年在中学从教的经历不无相似。他被指控谋杀了校长的侄子,还与校长的年轻妻子有染。正是这些原汁原味、源于生活又高于生活的描写，使它们被誉为"校园谜案小说的经典"。

自20世纪30年代起，尼古拉斯·布莱克的这套悬疑探案小说被陆续改编成电影、电视和广播剧，有的还被改编多次，如《禽兽该死》，其中包括1952年阿根廷版同名电影和1969年法国版同名电影，后者由克劳德·夏布洛尔（Claude Chabrol, 1930-2010）任导演。出演奈杰尔·斯特雷奇威一角的则分别有格林·休斯顿（Glyn Houston, 1925-2019）、伯纳德·霍斯法（Bernard Horsfall, 1930-2013）和菲利普·弗兰克（Philip Franks, 1956- ）。2018年，迪士尼公司宣布将依据《暗夜无声》改编的电影《知道太多的孩子》列为常年保留剧目。2004年，BBC公司又再次宣布将《罪证疑云》和《禽兽该死》改编成广播剧，导演为迈克尔·贝克威尔（Michael Bakewell）。甚至到了2021年，英国的新流媒体BriBox和美国的AMC还宣布再次将《禽兽该死》改编成电视连续剧，由知名演员比利·霍尔（Billy Howle, 1989- ）出演奈杰尔·斯特雷奇威。

在我国，由于种种原因，尼古拉斯·布莱克的这套悬疑探案小说一直未能译成中文，同广大读者见面，但学界、翻译界、出版界呼声不断。2021年5月，尼古拉斯·布莱克逝世50周年纪念之际，上海故事会文化传媒有限公司的夏一鸣先生慧眼识珠，开始组织精干人马，翻译、出版这套小说。经过一年多的准备和努力，这套图书终于面世。尽管是名家名篇、精编精译，缺点仍在所难免，敬请广大读者不吝指正。

黄禄善

奈杰尔侦探小传

奈杰尔·斯特雷奇威,是推理大师尼古拉斯·布莱克小说中虚构的一位私人侦探。在1935年至1966年间,作为重要角色出现在16部尼古拉斯的小说中。

奈杰尔年轻俊朗,不拘小节,常以苍白凌乱的形象示人。他是智商超群的学霸,却因性格过于叛逆被牛津大学开除。他性格幽默,行动力超强,气质温文尔雅。稚气面容与老道头脑形成戏剧化的反差。奈杰尔周身散发出儒雅的学者气息,在调查过程中,他喜欢借角色之口,引经据典,让人不知不觉靠近他,信任他,将案子交到他的手中。

在系列小说中,奈杰尔的情感故事同样精彩,他的妻子乔治娅是一名探险家,不幸死于闪电战。之后,奈杰尔又邂逅了雕塑家克莱尔。在奈杰尔生命中出现的两位女性,都是具备智慧、勇气、思想的"独立女性",在古典推理小说中难得一见。

在侦探小说的王国中,奈杰尔这样的侦探形象,可谓独一无二。

人物关系

弗兰克·凯恩斯 / 费利克斯·莱恩： 推理小说作家
马迪·凯恩斯： 弗兰克之子
提戈太太： 弗兰克邻居
莱娜·罗森： 费利克斯女友
乔治·拉特利： 莱娜的姐夫
维奥莱特·拉特利： 乔治之妻
菲利普·拉特利： 乔治与维奥莱特之子
伊瑟尔·拉特利： 乔治母亲
詹姆斯·哈里逊·卡尔法克斯： 拉特利家的友人
洛达·卡尔法克斯： 詹姆斯之妻
奈杰尔·斯特雷奇威： 私人侦探
乔治娅： 探险家，奈杰尔女友
布朗特： 苏格兰场警察

目录

第一部　复仇日记…………………………… 1

第二部　河上计划…………………………… 95

第三部　必死之身…………………………… 115

第四部　罪恶昭然…………………………… 219

尾　声……………………………………… 241

第一部

复仇日记

1937 年 6 月 20 日

我要杀一个人。我不知道他的名字，住在哪里，更不知道他长什么样。但是，我要找到他，杀了他……

好心的读者，请你原谅我这戏剧性的开场白。听起来像我写的侦探小说的开头，是不是？只是这个故事永远不会出版，称你为"好心的读者"，不过是个礼貌的传统——不，也许不尽然。我要做的事情，在大家眼里毕竟是"犯罪"。

任何罪犯，只要没有同谋，都需要找个人吐露心思。犯罪行为带来的孤独、可怕的孤立和悬而未决的焦虑，谁也无法全藏在心里。他迟早都要说出来。就算他意志坚强，他的"超我"也会背叛他，那可是住在他内心中的严厉的道德家，和他心中的秘密玩着猫抓老鼠的游戏。

无论罪犯信心满满还是谨小慎微，超我都会强迫罪犯出现口误，引诱他过于自信，让他留下罪证，成为秘密线人。一个人如果没有一丁点儿良知，世间的一切法律和规则，都拿他没办法。然而，我们内心深处,都有赎罪的冲动——那是一种负罪感,一个随时可能摆脱束缚的叛徒。心中的是非,终将背叛我们。就算舌头拒不坦白,不经意间的行为也会。这就是为什么罪犯要回到犯罪现场。

我写这部日记,也正是这个原因。你,我想象中的读者,"伪善的读者、我的同类、我的兄弟"[1],将倾听我的忏悔。我对你绝不会有任何保留。如果有人能从绞刑架上将我救下来,那就是你了。

在这幢小平房里坐着,很容易想象谋杀的场景。房子是詹姆斯给我租的,我精神崩溃之后,他让我在这里休养。(不,别想错了,好心的读者,我没疯。你现在就可以打消这种念头了。我现在比任何时候都更加清醒。我内心愧疚,但神志清醒)。看着窗外,很容易想象谋杀的场景。

窗外就是金冠山,在落日下熠熠生辉,海湾中波光粼粼,洋面如同金箔,我下面一百英尺[2]的地方就是科布港,无数小船停靠在它的臂弯里,如同婴儿。为什么这么说呢?因为每只小船似乎都在向我说着小马迪的名字。如果马迪没有遭人杀害,我们会到金冠山上野营。他会穿着他最引以为傲的鲜红色泳衣,一头扎进海里。今天将是他的七岁生日,我答应过他,等他七岁的时候教他开小帆船。

马迪是我儿子。六个月前的一天晚上,他去村里买了点糖果回家,正要穿过家门外的那条马路时,发生了意外。在他看来,那应该就是

---

[1] 原文为法语,出自法国著名诗人波德莱尔的《恶之花》。
[2] 一英尺,约等于0.3米,下同。

拐角处一团令人睁不开眼的强光，片刻的噩梦之后，一切永远成了黑暗。他的身体被撞飞起来，落入了沟里。他当场毙命。几分钟后我才赶到，只见那袋糖果全撒在路上。记得我当时去捡糖果，似乎没反应过来发生了什么，直到我看见一粒糖果上有血迹。

后来，我病了一段时间：脑膜炎、精神崩溃什么的，他们是这么说的。马迪是我唯一的亲人——特莎生下他就去世了。

撞死马迪的人并没有停车。警察也没找到他。他们说，看尸体被抛起的距离和受伤的程度，他经过那个有盲区的拐角时，速度在五十码左右。我要找到、要杀掉的，就是这个人。

今天没法再往下写了。

6月21日

好心的读者，我承诺过什么都不瞒着你，可我已经违背诺言了。但是这件事我连自己都得瞒着，因为我还没有恢复健康，无法直接面对。那是我的错吗？我该让马迪一个人到村里去吗？

好啦。谢天谢地，这话我说出来了。写下这句话，我很痛苦，笔尖差点把纸捅破。现在我有点眩晕，好像刚刚从腐烂的伤口里拔出了一枚箭头。不过，这痛苦也是一种解脱。让我来好好看看，这箭头上差点要了我性命的倒钩，究竟是什么样子吧。

那天晚上，我要是没给马迪两个便士，如果我陪他一起去，或者派提戈太太去，那马迪现在还活着。我们就能在海湾里玩帆船，或者在科布港的尽头钓虾子，或者手脚并用，爬上那个开满了巨大黄色花朵的山坡。那种花叫什么来着？马迪总是想搞清楚所有东西的名字。可现在就我一个人了，搞清楚花的名字有什么意义呢？

我想让马迪学会独立。我知道，特莎死后，我可能会对他太过宠爱，会影响他成长。我要训练他，他想要什么，让他自己去做：我必须让他去冒一些风险。但他到村里也去过几十趟了，我工作的时候，他能和村里的孩子们玩一上午。他知道怎么过马路，何况我们这条路上也没什么车。谁能想到，这个恶魔会从拐角处冲出来呢？我猜，他的车里可能坐着一个女伴，他想在她面前出风头，或者是喝醉了。出事以后，他又不敢停车，没那个胆子承担后果。

我亲爱的特莎，这是我的错吗？如果你在，也不会让我对他过度保护，是不是？你自己就不喜欢被人宠着、被人照顾着。你比谁都独立。是啊，理性告诉我，我做的没错。但是，我脑海里总想着他那只手，紧紧抓着那个破了的纸袋子。那只手也没有指责我，只是让我不得安宁，好像在温柔地祈求我。我复仇，只是为了我自己。

不知道验尸官有没有对我的"疏忽"进行批评。疗养院的人不让我看文件。我只知道，某个人或某几个人，被指控谋杀。谋杀！是杀害儿童。就算他们抓住他，也不过判刑坐牢，然后他又可以逍遥法外了——他们会终生吊销他的驾驶证吗？以前有没有这样做过？我要找到他，不能让他再去害人。杀他的人，应该戴上花冠（我在哪里读到过这样的话？），被奉为大众的恩人。好了，可不能拿自己开玩笑了。你想要的，和人们通常所说的正义，没什么关系。

但是，我还是想知道验尸官说了什么。我已经恢复健康，可我还在这儿待着，大概是因为这个原因吧，担心邻居们说闲话。你们看啊，就是那个人，让自己的孩子送了命，验尸官这么说的。噢，让他们，让验尸官，都见鬼去吧！过不了多久，他们就有理由说我是杀人犯啦，所以这根本没什么关系。

我后天回家。已经定下来了。今晚我会给提戈太太写信，让她把小屋子收拾一下。关于马迪的死，我已经面对了最糟糕的部分，我真的相信不应该责怪自己。治疗内心伤痛的过程已经结束。我可以全心全意，去完成我唯一的任务了。

6月22日

今天下午，詹姆斯来待了一会儿，"就来看看你怎么样"，好心人。看到我好了很多，他感到很意外。我说，都是因为你这幢房子环境好啊。我可不能跟他说，我找到了活下去的理由，他会问一些让人尴尬的问题。至少其中一个，我自己无法回答。"你什么时候决定杀掉某某人"这种问题，像"你什么时候爱上我的"一样，不写一篇论文都没法回答清楚。而且即将行凶的杀人犯和情侣不一样，并不热衷谈论自己，尽管这部日记就是反面证据。犯罪发生之后，杀人犯才开始谈——不谈忍不住，这些可怜的家伙！

好啦，我幽灵一般的忏悔牧师，我想现在该给你们交代一些我的个人细节了，年龄、身高、体重、眼睛的颜色、当杀人犯的资质，如此等等。我三十五岁，身高五英尺八，褐色眼睛，面部表情特殊，和善而忧伤，像仓鸮，特莎以前这么说的。不知道是什么神奇的原因，我一根白头发都没有。我的名字叫弗兰克·凯恩斯。以前，我在劳工部有张办公桌（我不想说"有一份工作"）。五年前，我得到了一笔遗产，加上自己生性懒惰，便递交了辞呈，回到我和特莎一直想住的乡村小屋。正如莎翁所言，"她应该在这之后再死"。① 成天在花园里游荡，在小帆船上鬼混——尽管我生性疏懒，这样的生活也未免太好了。于是我开始写侦探小说，用的是笔名"费利克斯·莱恩"。事实证明，小说还不错，给我带来了数额可观的现金。然而，我总觉得侦探小说算不得什么严肃文学，所以"费利克斯·莱恩"的身份就一直绝对保密。我的出版商们承诺不泄露秘密。一位作者竟然不愿意和他写出来的玩意儿发生关系，令他们倍感惊诧，但随后他们又开始喜欢了。他们这种人简单、轻信，觉得这种神秘感是很好的宣传，于是添油加醋，搞得动静很大。不过，我倒也想看看，在我所谓"日益扩大的读者群"（出版商的措辞）中，究竟谁会在乎费利克斯·莱恩是什么人。

　　不说费利克斯·莱恩的坏话了，不久的将来，他会非常有用。再补充一句，如果邻居们问我整天都在写什么，我就告诉他们，我在写一部华兹华斯的传记。我的确很了解华兹华斯，但是要给他写传记，我还不如吃一吨糨糊呢。

　　至于杀人的资质，我恐怕是非常有限的。作为费利克斯·莱恩，

---

① 语出莎士比亚戏剧《麦克白》第5幕第5场。

我的确学习了一些乱七八糟的法医学、刑法、警方侦审流程等方面的知识。我一辈子没开过枪，连老鼠都没毒死过。根据我对犯罪学的研究，杀人而又能逃脱罪责的，只有"将军"、哈利街私人诊所[1]里的专家和矿场老板。不过，我说这话，也许是对非专业杀人犯有所忽视。

至于我的性格，可以通过这部日记推测出来。我愿意这样想，我自认这种性格是比较差的，但这也许是老于世故者的某种自欺……

请原谅我这些浮夸而累赘的话，永远不会读到这部日记的"好心的读者"。一个人孤独地站在漂浮的冰川上，独自在黑暗之中彷徨，只好自己跟自己说说话。我明天回家。希望提戈太太已经把马迪的玩具都处理掉了。我跟她交代过。

6月23日

小屋还是原来的样子。是啊，能有什么变化呢？难道我还能指望墙壁一直哭到现在？这是人类傲慢的典型表现——以为某个人的小小苦痛，会让大自然整个面貌为之改变，这真是可怜而荒谬的一厢情愿！小屋当然还是原来的样子，只是其中的生命已经离去。我看到他们在拐角处立了一块警示牌。迟了，和别的事情一样，迟了。

提戈太太非常低落。她似乎感同身受。不过，也许她慰问我时如同参加葬礼般的低沉声调，只是做给我看的，就像你到病房看望病人

---

[1] 哈利街是伦敦拥有百年历史的"世界名医街"。

时一样。一想到提戈太太安慰我的语句，我尤其不快。这是妒忌别人也喜欢过马迪，也参与过他的生活。老天爷，难道我要变成那种占有欲极强的父亲吗？要真是那样，我去杀人倒也顺理成章。

就在我写上面那句话的时候，提戈太太进来了。那张红色的大脸上，显示出某种带有歉意却非常坚定的表情，像一个生性腼腆的人鼓足了勇气，要去向上司投诉，或是一位虔诚的信徒，刚从圣坛上领了圣餐回来。"先生，我没法做到，"她说，"我狠不下这个心。"让我震惊的是，她竟然啜泣起来。"做什么？"我问。"都处理掉。"她抽泣道。她拿出一把钥匙丢在桌上，然后跑出了房间。那是马迪玩具柜的钥匙。

我来到楼上的儿童房，打开了柜子。我必须马上行动，否则永远也下不去手。我久久地盯着玩具，大脑里一片空白：车库模型、蒸汽小火车、只有一只眼睛的旧泰迪熊，这三个是他最喜欢的。我想起了考文垂·帕特摩尔的一首诗：

在他双手的活动范围内，
他放了一盒计数板，
一块有红色条纹的石头，
一块在海边饱经磨蚀的玻璃，
还有六七枚贝壳，
一瓶风铃草，
两枚法国铜币，

都认认真真摆放好,

以安慰他忧伤的心。

提戈太太说得对,需要这些玩具。需要有个东西让伤口无法痊愈。与村里的墓碑相比,这些玩具是更好的纪念。它们会让我夜不能寐,会让某个人去死。

6月24日

上午和埃尔德警官谈了一会儿。用萨珀[①]的话来说:那种家伙的骨头和肌肉有九十公斤,大脑只有一毫克。这个拥有权力的蠢东西,眼神鬼鬼祟祟却充满傲气。人一遇到警察,为什么总会感到手足无措呢,好像站在一艘小舢板上,马上就要被罗德尼号驱逐舰撞翻一样?警察总是警觉地防范着什么——防着"上层人",因为他只要稍有差池,上层人就不会让他好过;同时也防着"下层人",因为他代表的是"法律和秩序",而下层人有足够的理由认为,"法律和秩序"正是他们的天敌。无论对谁,都得防着。

像往常一样,埃尔德官腔官调、郑重其事地沉默了一阵子。他习惯边挠右耳的耳垂,边瞪着别人脑袋上方六英尺高处的墙壁,他这个

[①] 英国作家赫尔曼·西里尔·迈尔(Herman Cyril McNeile)在参加一战时,因官方禁止士兵使用真名发表作品,故取了萨珀(Sapper)的笔名。

习惯最令我恼火。调查正在进行,他开口说道,不会放过任何可能,已经排查了大量的信息,但目前还没有线索。当然,这话的意思就是说,他们走进了死胡同,却又不愿意承认。这样就没人挡我的路。两个人之间的决斗,我感到高兴。

我请埃尔德喝了一大杯啤酒,他的话匣子略微打开了。我从他嘴里撬出了一些有关"调查"的细节。他们当然查得很彻底,我是说警方。除了在英国广播公司的频道上呼吁事故目击证人出来做证之外,他们似乎到过全郡每一家修理厂,询问前来维修的车辆中是否有翼子板、保险杠凹陷或散热器受损等情况。四周很大范围内的所有车主都受到了或明或暗的调查,看看事发时他们的车辆是否另在别处。然后沿着那家伙在村庄附近的预设路线,挨家挨户进行调查:询问路边加油站老板或汽车联合会巡视人员,如此等等。事发当晚似乎有汽车长距离性能测试,他们认为那个家伙可能是其中一名车手,不过偏离了路线——车子开那么快,当然是想追上去。但在下一个监测点,没发现任何受损车辆。根据这个监测点和上个监测点工作人员给出的时间,他们还推算了一下,车手们要从我们村子里绕过去,时间上是不可能的。这里面可能有漏洞,但我想就算有,警方应该也已经发现了。

希望我追问这么多信息,不会给人留下没心没肺的印象。一名伤心欲绝的父亲,会想知道这些情况吗?嗯,我不认为埃尔德对于病态心理学的微妙之处有什么兴趣。然而,这是个令人生畏的难题。整个警察部门都失败了的事情,我一个人能成功?这岂不是到干草堆里找一枚缝衣针？

慢着！我要是藏缝衣针，就不会藏到干草堆里去，我要把它藏到一大堆针里去。尽管马迪身体轻巧，埃尔德确定碰撞的冲击力肯定会损害车辆的前部。隐藏损坏痕迹的最好方法，就是在同一个位置再制造一些损坏痕迹。如果我撞了孩子，一片翼子板凹陷了，我想隐藏起来，那么我就会假造一桩事故，比如开车撞上大门或大树。这样，之前的所有碰撞痕迹都能被遮住。

现在要做的是，找一找当天晚上有没有发生类似情况的车辆。明天上午我就打电话问埃尔德。

6月25日

没戏。这点警方早就想到了。从他打电话的口气来看，埃尔德认为他对死者的尊重受到了极大挑战。他礼貌地表示，不需要外行来教警方怎么做事。周围的所有事故都已经调查过，"真实不虚"，这是他的原话——这个妄自尊大的蠢货。

这让人困惑、让人烦躁。我不知道从哪儿开始了。我是怎么想的呢，竟然以为只要伸伸手，就能逮住那个家伙？肯定是因为杀人犯第一阶段的自大心理。上午和埃尔德通完电话以后，我感到沮丧而烦躁。无事可做，在花园里逛，每样东西都让我想起马迪，也包括关于玫瑰花的那桩傻事。

马迪刚会走路时，我去花园剪花装饰餐桌，他常常在我后面跟着。一天，我发现马迪剪下了二十几朵稀有玫瑰，那是我特意留下来供人欣赏的，开出的花是极纯的暗红色，叫作"夜"。我自是勃然大怒，尽管当时我就知道，他觉得这是在帮我的忙。我表现得像个禽兽。之后他难过了好几个小时。信任和天真就是这么被毁掉的。现在，马迪已经不在了，我想这事情也无关紧要了吧，但我还是希望那天没发脾气——对他来说，那可能就和世界末日一样。哎呀，糟糕，我这是自怨自艾啊！接下来该把他说过的那些孩子气的话都写下来了吧。可是，真写下来又有什么不好呢？为什么不呢？现在我望着外面的草坪，想起来马迪曾经见过一条虫子，被割草机切成了两半，两个部分蠕动着想凑到一起。他说，"你看啊，爸爸，那个虫子追尾啦"。我觉得这话说得妙极了。有这样打比方的才华，他也许能当个诗人呢。

　　我有这伤感的思绪，是因为今天早上走进花园的时候，我发现每株玫瑰花的头都被剪掉了。我的心脏刹那间停止了跳动（这是我写惊悚小说时用的说法）。那一刻，我仿佛觉得过去半年其实是一场噩梦，马迪现在仍然活着。毫无疑问，这只是村子里某个顽皮孩子干出来的蠢事。我却受不了，这让我觉得谁都在和我作对。如果老天公正仁慈，至少该给我留几朵玫瑰吧。我应该向埃尔德报告，有人"恣意毁坏他人财产"，但我懒得麻烦。

　　一个人听自己啜泣的声音，有一种荒诞的戏剧性。希望提戈太太没听见。

　　明天晚上我去跑酒吧，看能不能打听点消息。总不能永远闷在这小屋子里。要不现在就去彼得斯酒吧喝一杯算了，然后回来睡觉。

6月26日

　　心中藏着秘密，本身就有某种独特的刺激感，就像某个故事里的那个人一样，背心里藏着炸弹，裤袋里装着控制器，他只要一按，自己和周围二十码内的一切，全部化为灰烬。我和特莎秘密订婚的时候，就有这种感觉——心里藏着一个危险、可爱、随时会爆炸的秘密。昨晚和彼得斯谈话的时候，我又有了这种感觉。他人不错，但我想除了生孩子、关节炎和流感，这就是他生活中最戏剧性的事情了。我心里一直想：如果他知道有个潜在的谋杀犯，和他坐在同一个房间里，喝着他的白标酒，不知该说些什么。有一刻，我的冲动难以遏制，差点儿一股脑全说了出来。以后我真的要小心。这可不是闹着玩儿的。倒不是说，我一说出来，他就肯定会相信，但我可不想他把我送回到疗养院里去，万一还要"观察"，那就更糟糕了。

　　胡乱之中，我问了那个问题，不过高兴的是，彼得斯说调查中根本没有提及我是否该为马迪的死负责。可是，我心里一直还想着这事儿。我盯着村里人的脸，心里想：他们究竟是怎么看我的呢？比如已故管风琴手的遗孀安德森太太，今天上午她为什么有意躲开我、跑到街那边呢？以前她一直很喜欢马迪，实际上把他都宠坏了，给他吃草莓冰激凌，还有她那种奇怪的胶糖，还偷偷摸摸地抱他，以为我没看见。马迪不喜欢给她抱，我也不喜欢。唉，这可怜的人自己没孩子，安德森一死，她就彻底完了。与其让她哭哭啼啼地来安慰我、同情我，还不如让她一刀杀了我算了。

我的生活比较孤立,我是说精神上的孤立。和很多这种人一样,我特别在乎别人对我的看法。我可不愿意成为那种自来熟的人,和谁都亲热,但想到自己不受人欢迎,我又感到深深的不安。难以理解的性格特点:又想把蛋糕吃下去,又想把蛋糕留着;又想邻居们喜欢我,又想高高在上,不与他们同流合污。话又说回来,我前面就说过,我可不会假装做什么好人。

我要直接去萨德勒酒吧,不入虎穴,焉得虎子,就要去看看大家对我有什么看法。说不定还能获得什么线索呢,尽管我想埃尔德已经问过所有人了。

……

刚才的两个小时之内,我大概喝了十品脱[1],但现在脑子还异常清醒。看来,有些伤口太深,用土方法麻醉不了。人人都友好。毕竟制造麻烦的不是我。

"真是遗憾,"他们说,"这种王八蛋,绞死都算便宜他。"

"俺们可想这小家伙啦,以前天天高高兴兴的。"这话是牧羊人老巴内特说的,"那些汽车就是乡下的灾星,老子要是说了算,就立法给禁了。"

村里的万事通伯特·科赞斯说道:"交通事故会造成伤亡。就是这么回事,明白吗,交通事故会造成伤亡。啊,这叫作自然选择,不

---

[1] 英制一品脱合 0.5683 升。

知你们懂吗,'适者生存'——无意冒犯啊,先生,您遭了这么可怕的难,我们都十分同情。""'适者生存'?"年轻的乔突然说道,"伯特啊,那你这是怎么回事儿呢?我看倒像是'胖者生存'[1]吧。"这话说得就有点儿让人不高兴了,于是年轻的乔闭了嘴。

他们都是了不起的人,面对死亡既不吹嘘也不愤恨,也不会多愁善感。他们用适当的务实态度面对死亡。他们的孩子也要学会独立。他们请不起保姆,买不起奢侈品和高档食物,所以他们根本就不会想到,让马迪和他们家的孩子一样,过独立、自然的生活,会是我的错。这一点我是知道的。但是,在别的方面,他们对我恐怕就没什么用处了。老巴内特总结得好,"要是能找到,俺们就是拼了命,也要逮住这个狗娘……呃,这个狗东西。事故发生之后,俺们在村里也见过几辆车子,但也没看出啥特别的,那时候俺们还不知道出了事啊。那大灯照得你头昏眼花,根本看不见车牌,啥也看不见。我看这是那帮该死的警察的活儿,就是那个埃尔德,成天只知道……"接下来是一串包含人身攻击的猜测,骂的是我们尊敬的埃尔德警官的业余活动,看起来大多都是寻花问柳的事儿。

在狮子和绵羊酒吧,皇冠酒吧,情况一样。大家表达了好意,但没有提供什么信息。我用这个方法是不行的。得试试一个完全不同的路子。什么路子呢?今晚太累了,想不动了。

---

[1] 原文为"Survival of the fittest"。英文中"fit"既有"适者"的意思,也有"身材好"的意思。此处将 fittest 换为 fattest,是一种打趣。

6月27日

今天朝赛伦塞斯特方向走了很长时间，经过我和马迪常去投掷玩具飞行器的那道山脊。他对飞行器十分着迷，要不是汽车事故发生在前，他迟早会开着飞机摔下来的。我永远不会忘记他望着飞行器的样子，聚精会神、严肃庄重，好像他能用意念让飞行器翱翔苍穹、永不坠落。乡村处处都勾起我对他的思念。只要我待在这儿不走，伤口就永远不会愈合，而这正是我想要的。

好像有人想要我搬走。昨天晚上，我窗前花圃里的圣母百合和烟草花全被拔了起来，扔在路上。或者说是今天凌晨，因为半夜的时候还都是好好的。村里的孩子不会干两次这种事情，这里面有某种恶意，让我有些担心，但我可不会被人吓倒。

刚刚有个奇怪的念头。难道我有某个死敌，蓄意谋杀了马迪，现在又来摧毁我爱的一切？奇思怪想。说明一个人独处太久，大脑很容易出问题。可是，如果这种情况持续下去，恐怕我早上都不敢朝窗户外面看了。

我今天走得快，这样大脑就跟不上步伐，这几个小时之中，我可以摆脱它的干扰。现在，我感到精神不错。所以呢，请你允许，我假想的读者，我要用笔写下我的思路了。我必须采用什么样的新方法呢？最好写出来，写成一系列的观点和推论。就这样：

（一）我去尝试警察的方法是没用的，他们有更多的资源去尝试那些方法，何况目前看来他们也没有结果。

因此，我必须利用自己的强项——我是侦探小说作家，我能够想象罪犯的心理，这应该是我的强项。

（二）如果我撞了孩子，车坏了，那么我的本能是避开主干道，因为主干道上车辆受损的地方容易被看见，我必须尽快找地方修理。但是，警方说已经调查过所有修理厂，事故发生后数天内的所有车辆受损情况，都有合理的解释。

当然，他们也可能被骗了。但就算警方真被骗了，我也不可能搞清楚是怎么被骗的。

从这一点能得出什么结论呢？（1）那辆车没有受损——不过专业证据表明，这可能性很小；或者（2）罪犯把车直接开进了一家专用停车场，一直锁在那里面；或者（3）罪犯悄悄地自己把车修好了。看来这显然是可能性最大的解释。

（三）假设他自己修车，能获得关于他的什么信息吗？

能。他一定是专业人士，手头有必备的工具。但是，就算是挡泥板上一个小小的凹陷，也要用锤子敲，那会发出巨大的声响，连死人都能吵醒。"吵醒"！对了。他当天晚上就必须把车修好，这样第二天早上就没有任何事故痕迹。但是，晚上用锤子敲车，一定会吵醒别人，引起怀疑。

（四）当天晚上，他没有用锤子敲车。

可是，无论他的车在专用停车场还是公共修理厂，第二天早上敲车也会引起注意，如果他能够拖到第二天早上才开始修理的话。

（五）他根本没敲车。

这样，我们就必须假定，损坏的地方用其他方式修好了。我真是个傻瓜！哪怕修复一个最小的凹陷，你也得先拆下翼子板。我们不得不做出结论，如果罪犯修车的时候不能发出噪音，那么推论就是，他肯定是拆下了损坏的部件，然后换上了新的部件。

（六）假设他换了一块翼子板——也许还换了保险杠或头灯，并且将拆下来的受损部件处理掉。说明什么呢？

至少他应该是个比较专业的修理工，而且能拿到零部件。换句话说，他肯定是修理厂的员工。还有，他肯定是修理厂的老板，某些零部件从店里消失，只有老板才能掩盖，而且没人追问。

谢天谢地！我好像有了点头绪。我要找的人拥有一家修理厂，而且是一家效率很高的修理厂，否则不会预备那么多零部件；不过，他的修理厂很可能不是很大，因为大修理厂一般雇有专门员工或经理，负责查验零部件存货，不需要老板自己做。也许罪犯是一家大修理厂的经理或员工。这样的话，恐怕目标范围又大了。

能推测一下汽车及其受损情况吗？从司机的角度看，马迪是从左向右穿过马路的。他的身体被甩进了马路左边的沟里。这说明受损部位应该在车的左边，何况当时车辆为了避开他，可能会突然向右偏一点儿。左边的翼子板、保险杠或头灯。头灯——这个词好像要告诉我什么信息。想一想，使劲想一想……

对了！马路上没有碎玻璃。什么样的头灯最不容易被撞碎？有金属护栅的，就是你看到过的底盘很低、速度很快的跑车上的那种护栅。能以那样的速度拐弯而不冲出马路，那一定是一辆车身低、速度快的车（而且司机技术很好）。

总结。有足够的假定证据表明，罪犯开车鲁莽，但技术很高，是一家生意挺大的公共修理厂的老板或经理，拥有一辆跑车，车头灯装有护栅。很可能那是一辆挺新的车，否则右侧原装的挡泥板和左侧新换上的挡泥板不一样，会被人发现的。不过我猜他也可能在新挡泥板上做点手脚、划痕、积灰等，让它看起来旧一点儿。对了，还有一件事：要么他的修理厂位置偏僻，要么他有某种高级的遮光灯，否则晚上修车会被人看见。还有，他当天晚上还必须出去，处理掉从车上拆下来的受损部件。附近应该有河或者灌木丛，能让他把受损部件扔进去。他可不能把受损部件直接丢进修理厂的废物堆。

天，早就下半夜了。我得睡觉了。现在总算开了个头，我感到自己焕发了新的生命。

6月28日

绝望。天光大亮，这一切显得多么牵强啊。现在我想起来了，真的有汽车在头灯上装有护栅吗？我连这一点都无法肯定。散热器上有，没错，可是，会装在头灯上吗？当然，这一点很容易搞清楚。但是，就算我这一系列推理误打误撞，与真相吻合，我还是连罪犯的影子也没碰到。拥有跑车的修理厂老板很可能成百上千。事故大概是傍晚六点二十分发生的。假设他最多花了三个小时换上新部件，扔掉旧部件，那么他仍然有十个小时的时间，可以在黑暗的掩护下为所欲为，这就是说，他的修理厂可能位于方圆三百英里[①]内的任何地方。也许没那么大。他车上带着犯罪的痕迹，不太可能停车加油。可就算方圆一百英里，那该有多少修理厂啊？难道我要一家一家去，挨个儿问老板有没有跑车？如果老板说有呢？想想就让人感到无望，前途如同无尽的深渊。我对这个人的仇恨让我昏了头脑，把常识都丢到了九霄云外。

也许这不是我心情沮丧的主要原因。今天上午收到了一封匿名信，亲自送来的，大家都还在睡觉——很可能就是毁坏鲜花的那个疯子或者喜欢恶作剧的下贱家伙。这事儿开始让我烦躁了。老套的把戏：廉价的纸张，全是大写字母。信是这样的：

你杀了他。1月3日的事情之后，你还有胆子在村里露脸！你怎么就不明白？我们不想你待在这儿，我们不会放过你，你会后悔回到这儿的。你手上有马迪的血。

[①] 一英里约等于1.6千米。

听起来像是某个受过教育的人写的,或者是"某些",如果信中的"我们"能当真的话。噢,特莎啊,我该怎么办?

6月29日

黑暗之后就是黎明!追踪要开始了!让我用常规火力开始这崭新的一天吧!今天上午,我把车开出来了。我仍然在沮丧的深渊中,于是我想我要去一趟牛津看看迈克尔。我走了一条近道,从赛伦塞斯特路转到牛津路。这是山间的一条窄路,以前我从没见过。刚刚下过雨,阳光下一切都显得生机勃勃、光彩熠熠。我正眺望着右侧的丘陵,有一大片令人惊羡的苜蓿草,颜色鲜艳如同红莓汁,突然,我的车径直开进了浸水路段。

车慢慢爬到了另一头,熄火了。我不知道引擎盖下面是什么情况,不过,这辆车如果熄火,一般情况就是等一等,让它缓缓神,过一会儿就能启动。我站在车外,抖着身上的水。刚才汽车冲进水里的时候,扬起了一大片水浪,落在我身上。有个家伙靠在农场大门上,开口同我说话。我们开了几句关于淋雨洗澡的玩笑。然后,那人说,去年冬天有个晚上,发生过一模一样的事情。为了继续谈下去,我漫不经心地问那是哪一天。这个问题倒启发了他。他脑袋里进行着极其复杂的计算,其中涉及他看望丈母娘、绵羊生病和一套无线电设备失灵,最后他说道:"1月3日。对咯,就是这个日子,1月3日。错不了,天黑以后。"

有时，完全无关的词语会突然在脑子里蹦出来，此时我脑海里浮现出一句话："以羔羊的血清洗"[①]。现在我记得，我在路上一家循道宗教堂外墙上看过这句话。这话真是意味深长。接下来发生的事情是，"血"这个字和我昨天收到的匿名信联系了起来："你手上有马迪的血"。那一刻，迷雾消散，我眼前出现了一幅生动的场景：谋杀马迪的罪犯将车一头开进水里，和我刚才一样，不过他是有意的，为了把马迪留下的血迹洗掉。

我嘴里发干，但我还是尽可能漫不经心地问那个人："你记不记得具体的时间呢，这家伙是什么时候冲进水里的？"

他一副不紧不慢的模样。在这沉默中，我的心都提到嗓子眼儿了——这种陈词滥调此刻多么有用啊！随后他说道："没到七点，差个十分钟、一刻钟吧。对啦，就是这个点儿，大概七点差一刻。"

这一刻，用他们的话来说，我脸上的表情大概怪里怪气的。我看到他好奇地盯着我，于是我突然兴高采烈起来，说："哎呀，那肯定就是我那位朋友啦！他跟我说，离开我家以后，他就迷了路，在科茨沃尔德区什么地方冲进了水坑里。"

我一边放着烟幕弹，一边在大脑里飞快地计算着。我开车到这儿，也不过花了半小时多一点儿。罪犯的车快，如果他熟悉道路，不用停车查看地图，那么从事故发生的六点二十分开始算，他完全可以在六点四十五分赶到这里。二十五分钟，跑十七英里多一点儿，平均时速

[①] 语出《圣经·启示录》第7章第12-14节。

四十英里,对跑车来说刚好。

我冒险又问了一个问题:"车身低、速度快的跑车,是吧?你注意那是什么车了吗,或者车牌?"

"那车冲进积水的速度很快,我对车的品牌也不怎么懂。当时天黑着呢,你知道吧,头灯晃得我眼睛都睁不开。老远就看见了,也不记得车牌,好像是 CAD 什么的。"

"这就对了!"(CAD 是格洛斯特郡新的车辆注册字母,目标越来越明确了)我在思考,车的头灯很亮,只有疯子才会往积水里冲,除非他想溅起水来,冲洗车辆的前脸,把血迹洗掉。我冲进积水里,是因为我在看风景,而漆黑的夜晚是不会有人看风景的。我以前怎么就完全没考虑过血迹的问题呢?显然,罪犯返程中如果停车,车上的血迹就可能被注意到,那可没翼子板凹陷那么好解释。另一方面,停下车来,用布把血迹擦掉,也有一定的风险,沾了血迹的布要处理掉,没那么容易。最简单的做法就是把车开进水里,让水来冲掉血迹。很可能事后他会停下车来,看看冲洗得是否彻底。

这时候,我意识到那人在说话,那张褐色灯芯绒一般的脸上露出了怀疑的神色。

"罕见哦,很漂亮,是不是啊,先生?"

一开始我以为他说的是罪犯的车,随后,我惊讶地意识到,他说的是罪犯本人,是个女的?不知道为什么,我从没想过我要逮住的这个人可能是个女的。

"呃……这个……我可不知道我的朋友……呃……还带了人。"我结结巴巴,试图自圆其说。

"哈哈哈……是啊。"他说。(如逢特赦!谢天谢地!)这么说,车里有个男人,还有个女人。那个畜生在女人面前炫耀,和我想的一样。我试图让他描述一下"我的朋友",但没什么结果。"体面的大块头,说话有礼貌。他的女伴样子不错,不过车子冲进水里,她受到了惊吓,一个劲儿地说,'哎呀,快点,乔治,快点。我们不能一个晚上都待这里呀'。可他倒不着急,就在那儿站着,像你一样,靠在挡泥板上说笑呢。"

"靠在这块挡泥板上?这个位置?"我问他。这突如其来的好运气,让我有点头晕目眩。

"没错。"

当时,我靠在车子左前方的翼子板上,就是我认为罪犯的汽车会受损的那个位置。而这名罪犯也曾靠在同一个位置,以免现在同我说话的这个人发现汽车的受损部位。我又提了几个问题,尽可能问得有策略一些,但他没有提供关于罪犯和汽车的其他信息。

我也没有办法了。一时无话可谈,于是我用开玩笑的口吻说道:"好吧,我要问问乔治,这位女性朋友是怎么回事。可不能有什么事情呢,是吧?他是结了婚的人。不知道这个女人是谁。"

这笑话还真撞上了,他挠了挠头。

"对啦,我知道她叫什么,就是一下子想不起来。上个星期在电影里看过她,在切尔滕汉姆,她穿着内衣,差不多等于没穿。"

"在电影里穿着内衣?"

"穿着内衣,老妈都吓坏了。她叫什么名字来着?嗨,老妈!"

一名妇女从农场里走了出来。

"老妈,上星期我们看的那个片子叫啥来着?第一个。"

"正片前的那个吗?《跪在地上的女仆》。"

"对啦,对啦。就是这部,《跪在地上的女仆》。这位年轻女士,她演的就是女仆波莉,知道吧?哎哟,也没见她膝盖跪在地上呀。"

"蠢得很,我看就是蠢得很,"那妇女说道,"咱家格蒂也是做用人的,可她不用穿蕾丝内衣,也没时间像那个波莉那样到处勾引人。该罚她,要真是这样的话,我看就该罚。"

"你是说,那天晚上和我朋友在一起的女孩子,就是在电影里演波莉的那个人?"

"我可不敢发誓打赌呢,先生。我可不想给那位先生惹麻烦,是吧?哈哈。大多时候啊,车里的女士一直侧着脑袋,明白吗?我敢说她不想被人认出来。那绅士把车里的灯打开,可惹她发了好大的火呢,她说,'乔治,你他妈的给我把灯灭了'。那时候我才看清楚她的脸。后来看到电影里那个波莉,我就跟老妈说,'喂,老妈,那不就是停在水坑边的车里的那位女士吗',我是这么说的吧,老妈?"

"是啊。"

随后我离开了这对母子,临走前我暗示了一下,告诉他们最好不要到处说这件事。就算他们真的到处说,也不外乎就是说两个人有不正当的关系。我通过巧妙的暗示,让他们形成了这样的想法。他们想不起来演波莉的女演员的名字,于是我直接开车去切尔滕汉姆看看。

《跪在地上的女仆》是一部英国电影。这一点从电影名字上就能猜出来,粗鄙、庸俗的下流话,英国人最擅长玩这一套。女孩的名字叫莱娜·罗森,是他们所说的那种"小明星"(天哪,这是个什么词儿),电影这周在格洛斯特上映。明天我就去,好好看看她。

难怪警方没有找到这些目击证人。他们的农场位置偏僻,那条路就是白天也没几辆车。他们没听到电台里的通知,因为那个星期他们的无线电坏了。无论怎么样,他们也不会把车里这两个人和二十英里之外的交通事故联系起来。

以下是关于罪犯的新数据:他的教名是乔治,车上有格洛斯特郡的注册标志,既然他知道有这个积水路段(他当然没时间临时去地图上查找有积水的路段),那么他很有可能就住在本地区。关键是,他有软肋,那就是莱娜·罗森。我说她是"软肋",并不是随便说说,那个女孩看到我的朋友走过来说话,显然惊慌失措。她说,"哎呀,快点,快点",还想把脸遮住。我下一步就是去联系她。一有压力她就会露馅儿。

6月30日

今晚看了莱娜·罗森。我得说,长得是真不错。我会很高兴见到她的。至于电影嘛,别提了!早饭后花了很多时间查找本地区所有修理厂老板的名字,看看哪些首字母是 G[①]。做了个十几个人的清单。看

---

① G 是英文名 George(乔治)的首字母。

着清单上一个个名字，心里知道你会干掉其中一个，这感觉好奇怪。

我的作战计划开始在脑海中酝酿。等有了大概的方案，我再把它写下来。我隐约感到费利克斯·莱恩这个身份会有所帮助。然而，要去与受害者接触，都必须提前考虑那么多荒谬、无聊的细节，更不要说杀死他了！简直和准备爬珠穆朗玛峰一样。

7月2日

这两天我绞尽脑汁，想制定一个万无一失的谋杀计划，到今晚才意识到，根本没这个必要。这表明了人类智力的不足，哪怕这智力超出了平均水平。关键是，除了我自己之外（可能还有莱娜·罗森），没人知道"乔治"就是杀害马迪的凶犯，因此也不会有人发现我谋杀乔治的动机。当然，我也知道，一个人受到指控，如果物证充分，法律上并不需要证实他的动机。但是，在实际操作中，如果找不到明显的作案动机，除非有案发现场的直接目击证人，否则是没法定罪的。

只要乔治和莱娜不将费利克斯·莱恩和弗兰克·凯恩斯（被他们撞死的孩子的父亲）联系起来，这世界上就不会有任何人发现我和乔治之间的关联。媒体上没有我和马迪之死相关的照片。这一点我非常小心。提戈太太没给记者们任何机会。知道弗兰克·凯恩斯就是费利克斯·莱恩的，只有我的出版商们，但他们都曾发誓保密。因此，如果我操作得当，只要让人把我以费利克斯·莱恩的身份介绍给莱娜·罗森，通过她接触乔治，然后就可以杀了乔治。如果她或乔治碰巧读过我的侦探小说，知道"神秘作者"这回事儿，"究竟谁是费利克斯·莱恩"这套把戏，我就说那都是宣传的噱头，其实我一直就是费利克斯·莱恩。唯一的危险是，我的某个熟人可能看到我以费利克斯·莱恩的身份与莱娜在一起，但要避免这种情况并不困难。首先，在我和那位诱人的小明星接触之前，我要把胡子留起来。

马迪之死这个谜，乔治会一直带进坟墓（他将在那儿永久反思飙车抢道行为的罪恶），而我"犯罪"的动机也会埋葬在同一个坟墓里。唯一的风险就是莱娜。到后面也许有必要除掉她，希望不会走到那一步吧，尽管目前看来，除掉她对世界也没什么损失。

倾听我内心秘密的读者，你们是不是已经在批评我试图安排后路、逃脱惩罚呢？一个月前，我脑袋里刚刚有了杀死谋杀马迪的凶手的念头，那时候我真不想活下去。但是，我的杀机越盛，活下去的欲望就越强烈。这两者是一起成长的，是无法分开的孪生子。我觉得，就算为了复仇本身，我也应该全身而退、不受惩罚，就像乔治杀了马迪之后差点儿就逃之夭夭了一样。

乔治。我已经开始把他当作老朋友了。我期待着我们的会面，如同迫不及待、焦躁不安的情人。可我没有真正的证据，能证明他就是杀害马迪的凶手。他在积水路段行为蹊跷，还有我骨子里觉得自己是正确的，别的没了。可是，我该怎么去证明呢？有证明的可能吗？

没关系。船到桥头自然直，到时候再说。我要记住的是，我能够杀了乔治，杀了这个凶手，无论他是谁，而且我只要不过度解释，不头脑发热，就一定能够全身而退。意外，一定要制造成意外。没必要去搞什么难以察觉的毒药,或者编造复杂的不在场借口,只要趁着我俩在悬崖边散步或者过马路的时候,轻轻一推,诸如此类的情况。谁也不会知道我竟然有杀他的动机,所以都会相信这是一个真正的意外。

然而,换个角度,这样做也令人遗憾。我曾在心里暗下决心,要让他痛苦——他就不配痛痛快快地死。我想把他慢慢烧死,一寸一寸地烧,或者看着蚂蚁一口一口将他活活咬死;还有士的宁[①],吃了之后能让人的身体慢慢弯曲成一个硬环。老天做证,我真想把他变成一个球,顺着斜坡滚下去,一直滚进地狱……

刚才提戈太太进来了。"写书?"她问。"是的。""好吧,你还算幸运,有事情忙,不必总去想……""对啊,提戈太太,非常幸运。"我轻声说。她也喜欢马迪,有她自己喜欢的方式。很久以前,她就不再读我桌子上的手稿了。我曾经把假的《华兹华斯传》手稿丢得到处都是,这立即让她退避三舍。"好书我也喜欢读,真的,"她立即说道,"但不是你那种高雅的书。看到都肚子疼,真的肚子疼。我家老头子喜欢读书,莎士比亚、但丁、玛丽·科雷利……都读过。还想让我读。说我该提高一下素养。'我的素养你就别管了,提戈',我跟他说,'这个家里有一个书呆子还不够吗?但丁可不会给你做饭'。"

不过,我的侦探小说手稿总是会锁好,这本日记也会锁好。当然,真有外人碰巧发现,他会相信这不过是费利克斯·莱恩的另一部惊悚小说。

[①] 又名番木鳖碱,是一种从马钱子种子中提取的生物碱。

7月3日

今天下午,史弗纳姆将军来了。让我和他争辩了很久英雄双韵体诗歌。这是个很令人佩服的人。将军们都聪明、和善、知识丰富、讨人喜欢,上校们总是枯燥乏味,而少校们基本就不用提了,这是为什么呢?搞个"大众观察"①项目,就能弄明白了。

我跟"将军"说,不久后我要去度个假,时间比较长。这个地方总让人想起马迪,无法忍受了。他用那苍老而真挚的蓝色眼睛犀利地看了我一眼,说道:"不是要去做什么傻事儿吧,啊?"

"傻事儿?"我愚蠢地跟着重复了一遍。有一刻,我以为他已经洞穿了我的秘密。他的话听起来几乎像是在指责我。

"是啊,"他说,"酗酒、女人,到游艇上寻欢作乐,猎熊,诸如此类的傻事儿。工作才是解脱的唯一办法,相信我的话。"

原来他是这个意思,我顿时松了口气,心里涌起一股对这个老头的喜爱之情,想跟他坦白,作为他没有发现我内心秘密的报酬,我这个反应也比较奇怪。于是我跟他说了有人写匿名信、破坏花圃的事情。

"是吗?"他说,"可怕,我一点儿也不喜欢这样的事情。你知道,我是个脾气温和的人,憎恨猎杀动物之类的事情。当然,以前当兵的时候,我也打过猎,主要是老虎,但那是很久以前的事情了,在印度。

---

① "大众观察"(Mass Observation),始于1937年的一个社会学性质的项目,旨在记录、分析普通英国人的日常生活。请参考网站:www.massobservation.amdigital.co.uk。

真是漂亮的野兽啊，高贵优雅，猎杀掉真可惜，后来我就不打了。我的意思是，对于写匿名信的这种人，一枪崩了，我可不会感到内疚。跟埃尔德报告了吗？"

我说没有。"将军"眼里突然一亮，似乎来了兴致。他坚持要我给他看那封匿名信，还有鲜花被毁了的那几块花圃，他问了很多问题。

"这人是一大早来的，啊？"他说，目光威严地扫视着。最后，他目光落在一棵苹果树上，又冲我露出了不负责任的坏笑。

"刚刚好，啊？很舒服地在那上面坐着。垫子，酒，枪。人一来，就给他引出来。剩下的都交给我。"

过了一会儿，我才弄清楚他的意思。他是打算爬到树上坐着，拿着他的猎象步枪，写匿名信的人一来，他就朝那个方向放枪。

"不行啊。拉倒吧，你可不能这么干。你会打死他的。"

"将军"似乎很委屈。"我亲爱的朋友，"他说，"绝对不会呀，我绝对不想给你惹麻烦。就是吓唬吓唬他，没别的。懦夫，这种人都是懦夫。没那个胆子。我敢跟你打赌，从此以后他就再也不敢来给你惹麻烦了。省了你很多事儿，还不用把警方拉扯进来。"

我必须坚持我的立场。走的时候，他说："也许你说得对。可能是个女人。我也不在乎开枪打女人，女人又那么多，更容易误伤，尤其是从侧面开枪的时候。好吧，打起精神来，凯恩斯。想起来了，你需要的是一个女人。不是叽叽喳喳的轻浮小姐，而是一个通情达理的好女人。照顾着你，还让你觉得是你在照顾她。有个人可以吵架，你们这些独居的人总以为一个人自给自足，其实总是焦躁不安。如果没人跟你吵架，你就开始自己跟自己吵架，然后你会怎么样啊？要么自杀，要么进疯人院。两条方便的出路。这是不行的啊。良知的确把我们都变成了懦夫[①]。孩子的死，你没有怪罪自己吧，啊？没这个必要，我亲爱的朋友。嗯。不过，老想着也很危险。一个孤独的人很容易招来魔鬼。好啦，有空上我家来看看我吧。今年的红莓可是大丰收了。我昨天吃了不少，跟头猪一样。再见啦！"

这个老头，聪明得不得了。这套突如其来的长篇大论，像是舞台上的台词，又像是军队里的演说，当然全都是胡说八道。很可能是他以前学会的，用来作为伪装，要么以此对他那些没那么聪明的同事们发起突袭，将他们打得溃不成军，要么用于自卫。"开始自己跟自己吵架"，那倒还不至于。我手头有别的架要吵，有比老虎或匿名信作者更大的目标要追踪。

7月5日

今天早上又来了一封匿名信，很令人生气。不能再让这个人分散我的精力了，这时候我最需要集中精力办我的大事。可我又不愿意把这件事交到警方手里。我觉得，如果我知道这个人是谁，就不会再去为这种愚蠢的小事烦恼。今天晚上早早睡觉，闹钟定到凌晨四点。应该够早了吧。然后我开车去坎伯，坐最早的火车到伦敦。和我的出版

[①] 语出莎士比亚《哈姆雷特》第3幕第1场。

商霍尔特约好了一起吃午饭。

7月6日

今天早晨没收获。这位匿名的捣乱者没有出现。不过在伦敦倒很顺利。我告诉霍尔特，我新侦探小说的场景要放在一家电影制片厂。他给我介绍了一个人，名叫卡拉汉，在英国皇家电影公司里有个什么职位，这也是莱娜·罗森所在的公司。霍尔特觉得我的胡子有些可笑，留得不长不短，一副须发鬓张、不服管教的模样，颇为尴尬。我模棱两可地说，这是为了掩饰。我要以费利克斯·莱恩的身份去制片厂，可能要经常去那儿搜集材料，我可不想被人认出是弗兰克·凯恩斯。毕竟还是有可能撞上以前在牛津上学时的朋友，或者在政府部门工作时的熟人。霍尔特对我的话照单全收，只是用略带担心的、家长一般的眼神看着我，出版商常用这样的眼神看着他们旗下比较成功的作家——好像他们是脾气不好的表演动物，随时随地都会突然不高兴起来，试图跑出马戏团。

现在我要去睡一会儿。闹钟还是定在凌晨四点。不知道会抓住谁。

7月8日

昨天没收获。但是，今天早晨，这讨厌的小害虫终于进了屋子。这是什么样的虫子啊！灰扑扑的，邋里邋遢，睡眼惺忪。呸！这些信是谁写的呢？我以前也断断续续做出过很多猜测。一般来说，写匿名信的要么是智力低下、没受过教育的人（显然给我写信的不是这种人）；要么是上层人士，受人尊敬，私下里却有怪癖。我考虑过牧师、学校校长、女邮递员，甚至也想过彼得斯和史弗纳姆将军。这就是侦探小说家的心理，总是挑可能性最小的那个人。当然，这次的结果顺理成章、合情合理，是最明显的那个人。

今天早晨，刚过四点半，花园门上的门闩就发出了轻微的咔嗒声。借着微弱的灯光，我看见有人沿着小路走过来。一开始很慢，游移不定，似乎有些害怕，或者担心被人发现，然后，那人影突然小跑起来，步子急而沉，颇为奇怪，像猫嘴里叼着老鼠走路的样子。

这时候我能看出那是个女人，看起来非常像提戈太太。

我急忙下楼。头天晚上我有意没锁大门，就在那人将信封丢进信箱的那一刻，我一把将门拉开。不是提戈太太，是安德森太太。我本该猜到的，那天她在街上曾躲过我。老公去世、生活孤单，母亲的天性都倾泻在马迪身上了。她只是个安静、无害、无趣的老东西，我根本就没想到过她。

那是个非常痛苦的场景。我恐怕说了一些伤人的话。她让我睡不安稳，所以她应该料到我的脾气不会好。但是，匿名信的伤害，可能比我想的还要深。我变得愤怒、无情，狠狠地进行还击。她有种邋遢、疲倦的神态，就像在一个全是女人的火车车厢里坐了一晚上，让我感到恶心，进而感到愤怒。她什么也没说，站在那儿眨着眼睛，好像一夜没睡好、刚刚醒过来一样。过了一会儿，她开始哭，细声的、绝望的啜泣。你知道，这种事情会让人变得更加凶狠无情，变得越来越残酷，以便隐藏在内心中挣扎着的自我批评和自我憎恶。我一点儿情面都不留。现在我觉得有些惭愧。最后，她转过身，悄悄走了，一句话也没说。我在她身后喊道，如果发生什么事，我就把她交给警方。我可能是疯了，表现得非常糟糕。可她也不应该写那些话说我和马迪。唉，天哪，我恨不得死了算了。

7月9日

明天我收拾行李，离开这儿。弗兰克·凯恩斯会消失。费利克斯·莱恩会搬进我在伦敦梅达谷租的一套精装修公寓。（我希望）没有什么会将这两个人联系起来，除了马迪的那个独眼泰迪熊，我还随身带着——作为尚可忍受的纪念物。我想什么都安排好了。钱。为提戈太太提供了地址，让她把信寄过来。我跟她说了，我在伦敦可能要待一段时间，要么就是在外旅行。我不在的时候，请她照看房子。我心里想，我还会回去吗？我该把那幢房子卖掉，但又不太愿意，马迪在那儿过得很开心。可事情结束之后，我该做什么呢？谋杀犯任务完成之后，他会干什么呢？重新去写侦探小说吗？听起来有点虎头蛇尾。算了，一天的难处一天当就够了①。

我感到现在事情已经不是我能够控制的了。对于我这种生性敏感、

---

① 语出《圣经·马太福音》第6章第34节。

犹疑不定的人,这是最好的方法:对环境做适当的安排,然后让环境推着自己采取行动。那些古老的格言,比如"烧掉渡河的船""跨过卢比孔河"[①],多少总有些道理。我想凯撒多少也有些神经质(哈姆雷特那种性格,很多善于行动的伟大人物都是这样),看看阿拉伯的劳伦斯就明白了。

"莱娜－乔治"。这条线会不会是个死胡同?我不愿去想这种可能性。一切回到原点、从头再来,这是我无法面对的。与此同时,要做的事情还有很多。我要给自己造出费利克斯·莱恩这个角色来——父母是谁,性格如何,有哪些人生经历。我必须就是费利克斯·莱恩,否则莱娜或乔治会产生怀疑。等到费利克斯·莱恩的角色准备好,我的胡子也应该浓密到可以独当一面了。到那时候,我就到英国皇家电影公司去。日记就先不写了,到那时候再写。我想,我已经想好了接近莱娜的方法。不知道她会不会喜欢上我的胡子。赫胥黎笔下有个人物说,胡子有催情的好处,我倒要看看他说得对不对。

7月20日

这一天啊!第一次去了制片厂。我宁愿去地狱上班,甚至去疯人院,

[①] 公元前49年,凯撒带领军队跨越卢比孔河进入意大利本土。后用"跨越卢比孔河"表示"决心已下、破釜沉舟"。

也不愿意在电影制片厂工作。那燥热、喧嚣，那令人眩晕的虚假，简直就像一场二维的噩梦。现场的人和布景一样虚假、浮幻，而且走路总是会绊到东西：有时候是一根电线，有时候则是某位群众演员的腿。群众演员一大堆，到处都有，成天坐在那儿拨弄着手指头，就像但丁笔下地狱中那些可怜的家伙。

不过，我还是从头说起吧。迎接我的是卡拉汉，就是霍尔特介绍的那个家伙。他的脸又白又瘦，简直是皮包骨头，眼睛里却闪着奇怪的、狂热的光。他戴着牛角框眼镜，穿着灰色翻领套头衫，法兰绒裤子，整个人肮脏、邋遢，而且高度紧张，就像是舞台上夸张的电影制作人形象。他看上去行事高效，连手指头都不会闲着（他的手指头被染成了明黄色，因为他自己卷香烟抽，一根烟刚点上，他就开始卷下一根，我从没见过这么不安分的手指头）。

"嗯，老伙计，"他说，"有什么你特别想看的吗，还是整个场子都逛一下？"

我表示想看整个场了。我草率了，没想到要花那么久，似乎没完没了。一路上卡拉汉叽叽喳喳，说着各种技术词汇，一刻也停不下来，最后我的大脑都成邮局的吸墨纸了。我唯一的希望是，因为胡子的遮挡，人们从外表上看不出来，我其实完全听不懂。等我死了，人们会发现我心脏上写着"摄影机角度"和"蒙太奇"（不知道是什么）的字样。卡拉汉讲得当然全面细致。就算一开始我有点接受能力，半小时后也都耗尽了，因为这期间我被电线绊过，眼睛被弧光灯照得睁不开，还被匆忙的工作人员推来推去。对了，听这里的人讲话，你会觉得船夫和士兵都文雅有礼,像"纯洁团"①代表一样。这期间,我一直在寻找莱娜·罗森,而且我发现,想要轻松自然地提到她的名字而不引起怀疑,那是越来越难了。

但是,在我们停止参观、吃点简餐时,卡拉汉给了我一个机会。我们在谈论侦探小说,还有最好的侦探小说如何翻拍成电影。他读过我两部小说,但并不想了解作者本人。本来我还以为会被问一些尴尬的问题,但卡拉汉只对技巧感兴趣(他把"技巧"这个词读成"及乔",很有特点)。当然,霍尔特已经告诉过他,我是来为我的新惊悚小说寻找场景和细节的。过了一会儿,他问我怎么会想起来这儿做调研。我看出这是个机会,便说我刚看过他们的一部电影,叫《跪在地上的女仆》。

"噢,这部啊,"他说,"制作这种垃圾的公司,我还以为你会有多远跑多远。"

"你的公司荣誉感呢,啊?"我说。

"去他妈的,内衣加上股票交易员式的幽默?这种东西根本就不能叫电影。"

"那个女孩,叫什么来着?对了,罗森。我觉得她不差啊,挺有活力的。"

"哦,温伯格正在打造她,"卡拉汉严肃地说,"从腿开始往上打造,

---

① 19世纪末、20世纪初一些西方国家流行"纯洁社会运动"(social purity movement),旨在消灭卖淫纵欲等现象,其组织即为"纯洁团"。

你知道的。往上,往上,往上。当个挂内衣的架子,她倒也还行。当然,她以为自己是哈露①第二。她们个个都这么想。"

"脾气不好?"

"不是,就是傻。"

"我还以为这些电影明星个个随时都会发脾气呢。"我说,心中自鸣得意,觉得这个诱饵下得非常巧妙。

"还用你告诉我?是啊,这个罗森以前的确趾高气扬的,不过最近好了很多。比较乖巧。"

"怎么回事呢?"

"不知道,也许生活中有爱了吧。有段时间,她好像崩溃了……什么时候来着?去年一月份。我们拍的电影,给她拖慢了两个星期。相信我,老伙计,如果女一号坐在角落里,一个人悄悄流眼泪,那就是对剧组的威胁。"

"那么糟糕,啊?"我尽量保持镇定。一月。"好像崩溃了"。又一份佐证!卡拉汉瞪大眼睛看着我,眼里闪着燥热的光,让他看起来像个小先知,正准备发表对世人进行强烈谴责的演讲。但是,实际上,我觉得那只是一个高强度、高效率的工作狂的正常模样而已。

他说:"是啊,我觉得是很糟糕,搞得我们都紧张兮兮的。后来温伯格让她休息一个星期。当然,现在已经好了。"

"她今天在吗?"

---

① 指珍·哈露(Jean Harlow, 1911—1937),美国好莱坞女演员。

"不在,拍外景去了。对她有意思啊,老家伙?"卡拉汉友好地冲我坏笑着。

我跟他说,我的动机是很正当的:为了我的新小说,我要了解一位典型的电影女演员,还打算写成一个容易改编成电影的故事,希区柯克那种,莱娜·罗森说不定就是扮演女主角的最佳人选呢。不知道卡拉汉信不信我说的这一套,他只是有点怀疑地看着我。不过,他怎么看我的动机,是业务需要还是谈情说爱,其实也没什么关系。明天我会再来一趟制片厂,到时候他会介绍我认识莱娜。我竟然感到有些紧张,以前从没跟她这种人打过交道。

7月21日

好啦,总算过去了。

真是煎熬啊!一开始我不知道对这个女孩说什么。倒也没必要说。她随意伸过来一只手,不冷不热地看了一眼我的胡子,好像忍住了没做评价,然后立即对我和卡拉汉连珠炮似的说起了一个叫普拉东诺夫的人。"那个普拉东诺夫,真是个魔鬼!"她说,"我的宝贝们你们知道吗昨天晚上他给我打了四个电话你们看看我问你们啊一个女孩子能怎么办呢有人关注我我当然不介意可是如果有人在后面跟踪打电话骚扰呢我跟温伯格说了那是要把我逼疯的。这人就是个活脱脱的魔鬼我的宝贝们他还真有胆子今天早上去了车站幸好我跟他说火车九点十分开实际上提前五分钟就走了所以我看到他在站台上追就像'剪刀人'①一样突然像魔鬼似的跑起来你们知道他是什么样的人宝贝们就是个噩梦我还有必要跟他说什么话吗是不是啊？"

"当然，当然没必要。"卡拉汉安慰说。

"我反复告诉温伯格他得给使馆打电话把那个人驱逐出境我们俩都待在这个小国家是不行的有他没我有我没他当然这些犹太人都是抱团的我得说我们这里也可以学一学希特勒尽管我很不赞同橡胶棒和绝育。哎呀，好啦，我说过……"

她就这样噼里啪啦又说了一阵子。她这通演说的前因后果是什么，她似乎默认我早已知道，这本身就让人觉得有趣。这个名叫普拉东诺夫的魔鬼，究竟是个贩卖白人的奴隶贩子，还是一名星探，是苏联的特工，还是狂热的追星者——实际上我什么也不知道，以后也许永远不会知道。反正都一样，这是个极其虚幻的世界，根本没法区分什么是电影，什么是真实的生活。然而，莱娜的独白却给了我一个仔细观察她的机会。她当然有一种不惹人讨厌也不庸俗的活力。如果她现在这个样子算是"比较乖巧"，那她以前可够他们受的。她的模样和电影里的波莉那么相似，让我颇感意外，确实很明显，否则积水路段附近的那个家伙也不会认出她来。鼻尖上翘，宽嘴巴，浅黄色的头发非常浓密，从额顶堆上去，像波浪或王冠一样，眼睛是蓝色的。除了嘴巴之外，她的五官相当精致，与她大大咧咧的表情形成鲜明对比。但是，

---

① 二十世纪初，美国宾州曾出现一罪犯，手持剪刀入室后剪掉年轻女性的头发并留下纸条。作案多起、未曾抓获，被称为"剪刀人"。

对脸部特征逐个进行描述，是毫无作用的——我从没见过哪本书里的身体特征描写，能让人在大脑中形成清晰的图画。看她的模样，你可能会觉得她脑子里什么也没有。也许真的什么也没有。不，我拒绝接受这种可能性。

莱娜说话的时候，我一边盯着她，一边在想，最后看到马迪的有两个人，这是其中一个。对她我没感到恐怖或憎恨，只是非常好奇，非常急切地想了解更多，什么都想知道。过了一会儿，她转过头来，对我说："好啦，你得把自己的情况都告诉我，怀恩先生。"

"是莱恩。"卡拉汉说。

"你是作家，是不是啊？我喜欢作家。你知道休·沃波尔[①]吗？我想他就是位好作家。不过当然了，你看起来比他更像我心目中的作家。"

"哦，算是吧，也不是。"我说。她这一番直截了当的进攻，让我一时不知所措。我眼睛一直盯着她的嘴巴，没法把目光挪开。有人要说话的时候，她的嘴巴就急切地张开，好像要猜出对方打算讲什么。这个小动作倒并不让人讨厌。卡拉汉说她"傻"，我真不知道他是什么意思：她的确轻佻，但不傻。

我心中焦急，想说点中肯的话，这时有人大声喊她的名字。她得回去拍摄了。绝望，我眼睁睁看着一切从我手里溜走。正是这一点让我鼓起了勇气，问她近期有没有时间和我一起吃午饭。常春藤饭店，我又补了一句。我猜这符合她的口味。果然有效果。就像谜语中说的，

---

① 休·沃波尔（Hugh Walpole, 1884—1941），英国小说家。

"小羊羔吃常春藤。"她看着我,第一次这么看着我,好像我是真的存在,而不是她那异想天开的小小自我的投射。然后她说,好啊,她愿意,星期六怎么样?于是就定下来了。卡拉汉不置可否地看了我一眼,我们就散了。破冰之旅算是完成了,尽管"冰"这个词用在有莱娜的场合,是绝对不妥当的。可是,我的天哪,接下来该怎么继续呢?把谈话引到汽车和凶杀上去吗?太明显了。

7月24日

好吧,无论你怎么说,这场谋杀的花费会非常高。与莱娜交往会产生"精神损耗"和"羞耻的放纵"[①],此外还有真金白银的花费。这个女孩的胃口好得让人惊讶,一月份小小的不幸事件,似乎没有影响她的胃口太久。当然,我还要准备一点儿武器和毒药。我并不打算在乔治身上使用这些粗暴而危险的手段。但是,我能看出来,通向乔治的路要用五镑的纸巾来铺。

我善良的读者,毫无疑问你目光敏锐,能看出来我写这篇日记的时候心情舒畅。是的,你判断正确。我相信我已经开始热身了,我相信我真正走上了正确的方向。

她今天在常春藤饭店出现的时候,穿着精致的裙子,黑色中带着一些白色装饰,还戴了一个很可爱的小眼罩。显然,她精心打扮了一番,

---

① 语出莎士比亚十四行诗129,原诗第一行为:"精神损耗于羞耻的放纵"。

既要享用午餐，又要享受别人的倾慕。我想，我哄得她很开心。老实说，哄她开心对我来说毫不困难，因为她确实很有魅力，何况只要我不心软，将快乐和正事儿结合起来，对我也没什么坏处。她指出有两位著名女演员也在这家餐厅吃过饭，又说难道我不觉得她们都美若天仙吗，我说是的，都不错，同时又用眼神向她示意，意思是和莱娜·罗森相比，她们都差远了。然后我向她指出一位畅销小说家的名字，她说她敢肯定，我的书比那位小说家的好得多。于是我们俩就算扯平了，一切都进展得非常顺利。

过了一会儿，我发现自己已经在向她讲述人生经历了，关于费利克斯的一切。我早年的奋斗，去过什么地方旅行，留下了什么作品，图书给我带来的巨大收益（这一点是传奇人生的重要组成部分）。让她知道我的银行存款规模也没什么坏处，万一胡子不起作用了，厚脸皮也许能帮上忙。当然，我尽量让故事接近我真实的人生经历，不用去做没必要的修饰。我滔滔不绝，独居的人终于找到了听众，这感觉非常好，并不着急打听消息。这时候，我突然看到一个机会，立即抓住了。她问我是不是在伦敦生活了很久，我说："是啊，断断续续的。我发现这里工作更方便。不过，实际上我更喜欢乡下，因为我就是乡下人，出生在格洛斯特郡。"

"格洛斯特郡？"她问，声音低得几乎听不见，"哦，是吧。"

我在观察她的手。手比脸传递的信息更多，尤其当对方是女演员的时候。我看到她右手涂成红色的指甲几乎扎入了手掌。不仅如此，关键是，这时候她不再说话了。"事故"发生后不久，有人看到她在我们村子附近,这一点毋庸置疑。乔治住在格洛斯特郡,这一点也基本可以确定。你看出重点了吗?如果她不是要隐藏什么信息,那么她会自然而然地回答:"是吗,格洛斯特郡什么地方啊?我有个朋友住在那里。"当然,她可能就是想隐瞒和乔治的关系。但这一点我是怀疑的。她这样的女孩不会因为这种事情就感到内疚、迷茫。马迪遇害的时候,她就在车里,除此之外,还有什么让她一听到格洛斯特郡就默不作声呢?

"对,"我继续说道,"赛伦塞斯特附近的一个小村子。我一直想回去,但因为各种原因,一直不能如愿。"

我没敢说出村子的名字,这可能会把她吓跑。我看着她紧缩的鼻翼,还有那紧张而内敛的眼神。过了一会儿,我开始谈论一个新话题。

她马上聊了起来,语速比之前都快。人一放松,话就多了。奇怪的是,对于她片刻的异样,我心里竟涌起感激和亲近之情,于是我尽力让她高兴。我连做梦都没想过,自己竟然会和一名女演员欢声笑语、眉来眼去。我们俩都喝了不少。过了一会儿,她问我的教名是什么。

"费利克斯。"我说。

"费利克斯?"她冲我吐了吐舌头,我相信"顽皮"这个词很合适。"那么,我以后就喊你'猫咪'①吧。"

"最好不要,否则我以后就拒绝和你有任何关系。"

---

① "费利克斯"英文为 Felix,与"猫"的拉丁文"felis"同源(猫的英文形容词为"feline")。20世纪上半叶,在美国卡通片 Felix The Cat 中,猫咪的名字就叫费利克斯。故莱娜笑称其为"猫咪"。

"这么说,你还想见我啰?"

"相信我,我可没打算让你就这样从我眼前消失。"我说。悲剧性反讽①的机会越来越多,必须警惕。我可不能养成习惯。后来我们又说了很多这种打趣的玩笑话,为了避免自己觉得尴尬,我就不写下来了。我们约好了下星期四一起吃饭。

7月27日

莱娜可不是看上去那么傻,或者说人们以为她那个模样的女孩子都傻。她今晚可是真的让我刮目相看了。事情发生在看完电影之后,我送她回去的,她让我进去再喝一杯。她站在壁炉边,若有所思的样子。突然,她转过身面对着我,直截了当地问:"我们这是怎么回事?"

"什么事啊?"

"这事儿啊。带着我到处玩,花你的钱。你想干什么?"

我结结巴巴,说我想写一本书,需要灵感,可能写一本能改编成电影的书。

"哦,你准备什么时候开始?"

"开始?"

"是啊,没听清楚啊?这本书的事儿,你之前可一个字也没提啊,

---

① 悲剧性反讽是古希腊悲剧中的一种手法,观众或作者心知肚明,当事的人物却蒙在鼓里。

你知道吧。什么时候轮到我出场啊？你写，我在旁边给你端茶送水擦钢笔，是不是啊？除非亲眼看到书，不然我不相信。"

这一刻我呆住了。我觉得她大概已经猜到了我想干什么。我瞪大眼睛看着她，一开始我以为她的眼神里有焦虑、怀疑和害怕，但随即我又不太确定了。我想我是真的惊慌失措了，才说出了下面的话："那好吧，不仅仅是因为书。不是因为书。我在电影里看到你，就想见你。最可爱的人儿，我从没见过……"

她突然出击，我被她吓住了，所以这话说得就像一个大脑混乱、内心惶恐的求爱者。她抬起头来，鼻头翕动，脸上现出异样神情。

"我明白了，"她说，"我明白了……那么？"

她朝我靠过来，我吻了她。我应该感到内疚，像犹大一样吗？我并没有。话又说回来，我为什么应该内疚呢？这是桩交易，各取所需，我们两人都能从中获益。我要乔治，莱娜要我的钱。当然，现在我明白了，她上演的那场关于我书的戏，不过是个策略，好让胆怯的崇拜者坦露心思。她一定早就感觉到，写书不过是我的借口，她要逼我说出真实目的。只是写书的借口究竟是为了掩盖什么目的，她搞错了。实际上，事情进展得很顺利。与她做爱，让复仇开始变得更加刺激。

事后，她说："我想要你把胡子刮掉，猫咪。我不习惯。"

"慢慢会习惯的。不能刮掉，这是我的伪装。你看，其实呢，我是个杀人犯，怕警察来抓我啊。"

莱娜开心地笑了出来。

"你真是个骗子！猫咪宝贝，你连只苍蝇都舍不得打！"

"你再敢这样喊我,我让你看看我敢不敢打苍蝇!"

"猫咪!"

后来,她说:"好奇怪,我竟然会喜欢上你。你又不是什么维斯穆勒[①],是吧,亲爱的?肯定是因为你有时候看我的样子很特别,好像我不在那儿,或者我是透明的一样。"

她自己就是个透明、伪善的小东西!不过,很好。我们俩搭档,伪善大赛没人能赢得了。

7月29日

昨天晚上,她在我的公寓里吃饭,发生了一件非常不愉快的事情。幸好后来风波平息。而且,如果我们没有争吵,她就不会跟我说乔治的事情。不过,这件事对我来说是个警告,可不能粗心大意。这场游戏中,我是不能犯错误的。

我背对着她,在柜子里找喝的。她一边走来走去,一边像机关枪一样发表着个人独白。

"于是温伯格就生气地冲我大喊大叫,你以为你是谁呀?你是个女演员,还是个硬棒槌啊?我付你钱,可不是让你像根棒子一样,到处晃来晃去的。你是怎么回事啊?坠入爱河了啊,你这个蠢货?跟你

[①] 指约翰尼·维斯穆勒(Johnny Weissmuller, 1904—1984),美国游泳冠军、演员。曾在12部电影中出演"人猿泰山"。

没关系老头子我说过了跟你没关系啊所以没必要生气啊哎呀猫咪我看你把自己的小房间打理得不错啊跟皇宫一样是不是啊？哎呀，你看！这不是个泰迪熊嘛！"

我跳了起来。太迟了，她从我的卧室里走了出来，手里拿着马迪的泰迪熊。原来我放在壁炉台上，忘记把它收起来了。不知为什么，我一下子就昏了头。

"给我。"说着，我就伸手去抢。

"调皮！不能抢东西！看来，小费利克斯还玩玩具呢。好吧，我们活到老学到老嘛。"她冲着泰迪熊做了个鬼脸，"啊，这就是我的竞争对手！"

"别他妈的像个小傻瓜一样！放回去！"

"噢，噢，噢。因为玩玩具，所以不好意思啦？"

"实际上，这是我一个侄子的东西。他去世了。我很喜欢他。好啦，你给我——"

"噢，这么回事啊。"她变了脸色。我看到她胸部起伏着，她显得非常可怕，却又无比动人。我以为她要上来挠我的脸了。"这么回事啊。我不配碰你侄子的泰迪熊？我一碰就玷污了它，是不是啊？你是为我感到丢人，是吧？好吧，这破玩意儿你就拿去吧！"

她用力把泰迪熊扔在我脚下的地板上。一团怒火在我胸中升起，我狠狠地扇了她一耳光。她扑过来，我们就撕打起来。她不管不顾，怒气冲天，像困在陷阱里的野兽。她的裙子都从肩膀上扯落了。我太生气了，也没觉得这一幕有多么令人憎恶。过了一会儿，她身体放松下来，呻吟道："啊，你这是要弄死我啊。"接着我们俩就吻在一起。她满脸红晕，但我仍然能看到我那个耳光留下的痕迹。

后来她说："可你真觉得我丢人，是不是啊？你觉得我就是一个普普通通、爱发脾气的女人。"

"哦，打打闹闹你不是很喜欢嘛。"

"不，我要你严肃一点。你不会把我介绍给你的家人，是吧？你家里的老人不会赞同的，我就知道。"

"我没有老人啊。说起来，你也不会把我介绍给你家人啊。说这个有什么意思？我们现在这样很开心啊。"

"你这个老东西还真谨慎！我以为我们在往结婚的路上走呢。"说到这儿，她的眼睛突然亮了起来，"对呀，这是个主意呢。我倒想看看乔治的脸上……"

"乔治？他是谁？"

"好吧，好吧，犯不着大惊小怪的，你这个小心眼儿。乔治就是，嗯，是我姐夫。他和我姐姐结了婚。"

"那又怎么样？"（你看，这套说话的方法我也学会了）

"没什么。"

"接着说啊，你和乔治什么关系？"

"没错，你就是个小心眼儿。一只小心眼儿、喜欢吃醋的猫咪。好吧，既然你想知道，我就告诉你。乔治以前想跟我好，我……"

"以前？"

"是啊。我对他说，我可不想破坏别人的家庭。不过我得说，维奥莱特这也是自找的。"

"你最近没见他吧？他还在烦你吗？"

"没有，"她说，声音干涩，很不自然，"我有一段时间没见到他了。"她躺在我身边，我能感觉到她身体僵硬。过了一会儿，她放松了下来，大胆甚至放肆地大笑起来。"又能怎么样？我会让乔治看看，他连……听我说，咱们这个周末就去一趟怎么样？"

"去一趟哪儿？"

"塞温布里奇。他们住的地方，在格洛斯特郡。"

"可是，我亲爱的姑娘，我不能……"

"你当然能，他又不会吃了你。他是个体面的已婚男人，或者说应该是。"

"可是，去干什么呢？"

她严肃地盯着我："费利克斯，你爱我吗？好啦，别搞得那么紧张，我又不是要掐死你。你喜欢我，愿意去做一件事情而不问很多问题吗？"

"那是当然。"

"那好，回去一趟，我有我的理由，我需要有人陪着。我需要你陪着。"

她的声音听起来有些刺耳，似乎不太确定。我想，当时她可能差点儿就什么都说出来了：关于乔治，关于那场一直让她心神不宁的交通事故。但我当时也没有足够的信心，不敢去说服她，让她和盘托出。何况就算按照我现在的标准，那样做也会显得不够体面，也并没有那个必要。从她的话中，我似乎感觉到，她有把一切公开的决心，不是直面乔治，而是要直面她几个月来一直逃避的那种恐怖感。我在这部日记开篇时说过，杀人犯有回到犯罪现场的冲动，没错吧？她没有杀死马迪，但她在现场，她知道是谁杀的。那一刻产生的魔障阴魂不散，让人难以忍受，她必须驱走心中的魔障，而且她要我去帮他。我！天哪，在灾难预言家们的眼里，这是多么辛辣的讽刺啊！

我说："好的，星期六我开车送你去。"我有意问得轻松随意，"乔治是干吗的？做什么工作呀？"

"他有个修理厂，合伙的，拉特利和卡尔法克斯。他名字叫拉特利。他还挺……你答应去，真是太好了。我也不知道你会不会喜欢他，他好像不是你喜欢的那种人。"

一家修理厂。她不知道我会不会喜欢他。乔治·拉特利。

7月31日

塞温布里奇。今天下午我开车把莱娜送到了这里。我用旧车置换了一辆新车，不能带着格洛斯特郡注册的车牌出现。就这样，我来啦，进入了敌人的堡垒，准备斗智斗勇。我想不会有被人认出的危险。塞温布里奇与我的村子分别位于这个郡的两端，而且我的胡子极大地改变了我的面貌。接下来的困难是，如何在拉特利家站稳脚跟，站稳之后不被识破。这时候，莱娜在拉特利家，我住在安格勒宾馆，她觉得最好让我慢慢接触拉特利家的人。目前，我只是个好心开车带她过来的"朋友"，我把她和她的行李箱送到门口。她说事先没有写信说要来。这是因为她害怕乔治会不让她来吗？很有可能。考虑到他们的共同秘密，乔治有可能担心，担心她再次看到他，想起那件事情，会变得歇斯底里。

我放好行李，问服务生附近哪家修理厂效率高。"拉特利和卡尔法克斯。"他回答。"就是河边上那一家，对吗？"我问。"是的，先生，背靠着河，就在桥这边，沿着高街过去就行了。"又有了两个指向乔治·拉特利的证据。根据我之前的推测，这家修理厂应该效率很高，否则就没有存货可以替换事故中受损的零部件。而且修理厂背靠着河，替换下来的受损零部件就扔进了河里。我就知道，他会用这样的方法处理零部件……

就在这时候，莱娜打来了电话。他们要我过去吃晚饭。现在我感到无比焦虑，几近绝望。第一次见他，我就焦虑成这样，以后要是杀他，那该怎么样啊？平静如水吧，很有可能，熟悉了受害人之后，就会对他生出鄙夷，我要带着剥皮抽筋的仇恨去研究乔治·拉特利。我要慢慢来，不着急，在他死前慢慢存蓄我的仇恨和鄙夷——啃噬他，如同寄生虫啃噬宿主。希望吃晚饭的时候莱娜不要对我太亲热。好了，走！

8月1日

一个令人憎恶的家伙。这是个让人非常、非常讨厌的人。我很高兴。现在我才意识到，其实以前我挺担心乔治会是一个令人同情的人物。但现在不必担心了,他不是那样的人。如果能把他打翻在地,我不会有任何顾忌。

一走进去,他还没说一个字,我就知道了。他站在壁炉旁,抽着雪茄。他食指和中指夹着雪茄,手肘抬着,前臂横着,这是一种令人不快的傲慢态度,这种人就是要让所有人都知道,他才是家里的主人。他站在那儿,像一只立在土堆上的公鸡,目光威严地扫了我一眼,然后走上前来。

乔治介绍了他的妻子和母亲,给了我一杯特别糟糕的鸡尾酒,然后径直又去谈论我来之前的话题了。果然是无知自大,缺乏策略,天生举止粗鲁。但是,这给了我观察他的机会,我打量着他,就像刽子手打量即将上绞刑架的犯人。绞死他,用不着多长的绳索,因为他很重,块头大、身体肥。他的后脑上面尖,到了顶部又向前塌下去,所以前额很低。留着假骑士派头的胡子,却没能遮住他高傲、前突的嘴唇。我猜他四十五六岁。

我知道,上面的描述像个卡通人物。我敢说有些女人,比如他妻子,会认为他是个英俊潇洒的男人。必须承认,我的看法是有偏见的。但是,他粗鲁、骄横的样子,任何人的胃只要没有麻木,看了都会感到恶心。

独白结束之后,他装模作样地看了看表。

"又迟了。"他说。

没人搭话。

"你跟用人们谈过了吗,维儿?他们的晚餐是越来越迟了。"

"是啊,亲爱的。"他的妻子说。维奥莱特和莱娜很像,但她神情低落、无精打采,可怜巴巴地急于讨丈夫的欢心。

"嗯,"乔治说,"他们好像没把你的话当回事。我想,我要亲自去跟他们说了。"

"别去了,亲爱的。"他妻子说,声音有些惶恐。她红着脸,羞怯地笑了笑,"我们可不能让他们辞职。"她留意到了我的目光,脸又红了,那模样让人难受。

当然,她是自找的。乔治这种人的粗鄙骄横,正要靠周围人的顺从才能维持下去。这种皮糙肉厚、野蛮无礼的人,在原始部落里,是很自然的(伊丽莎白时代也是,他可能成为一名优秀的船长或奴隶监工)。但是,现在的文明社会已经容不下这样的品格,除了偶尔的战争之外,这种粗野的力量就只能用来吓唬自己的家人,因为不能在更大范围内实践,所以变本加厉。

令人惊奇的是,仇恨能让目光更加敏锐。我觉得自己对乔治的了解,已经超过了我认识多年的人。我礼貌地注视着他,心里想:就是这个人杀死了马迪,把他撞倒了,剥夺了他的一切机会,终结了他的生命。十几个这样的人加起来,也抵不上一个马迪,抵不上我在这个世界唯一的爱。没关系,马迪。他的时候到了,快到了。

吃晚饭的时候,我坐在维奥莱特·拉特利旁边,莱娜坐在我对面,老拉特利太太坐在我左边。我注意到,乔治一会儿看看我,一会儿看看莱娜,试图搞清楚这是什么情况。我不敢说他这是妒忌,他过于狂妄自大,根本不会去想一个女人竟然会喜欢别人而不喜欢他。不过他显然有些困惑,不明白莱娜为什么和费利克斯·莱恩这样的老东西在

57

一起。他对她的态度轻松随意，多少有些保护人的样子，好像是她的哥哥。"乔治以前想跟我好"，莱娜住在我家的那天晚上曾经说过。她是不是还有什么话没说？我心里想。他对她那副轻松随意的样子，表明两人是很亲密的。

晚饭时，他说："莱娜，你也喜欢上卷发啦？"他侧过身去，抚摸着她脑袋后面的卷发，同时眼睛挑衅似的看着我，说道："女士们啊，都是时尚的奴隶，是吧？如果巴黎的某个娘娘腔说，秃头是当下最流行的时尚，她们马上就会把头发剃光，对吧？"

老拉特利太太坐在我旁边，浑身散发出淡淡的樟脑丸气息和不以为然的味道，她说："我年轻的时候，女人的头发被看成她最大的荣光。伊顿公学那种齐耳短发的玩意儿已经过去了，我觉得很高兴。"

"你在为年轻人辩护吗，老妈？这个世界是怎么啦？"乔治说。

"年轻人能为自己辩护，我想，至少某些年轻人。"她的眼睛直直地盯着正前方，但我感觉第二句话是冲维奥莱特说的，她可能觉得乔治娶维奥莱特，是降低了自己的社会身份，这一点倒也不假。她对待维奥莱特和莱娜的态度中，透露着贵妇人的忍耐和宽容。这不是个善良的老太太。

晚饭过后，女眷们（乔治肯定会这样称呼她们）离场，留下我和乔治喝波特酒。显然，他感觉并不自在，不知道怎么和我相处。

他尝试了常用的开场白，"听说约克郡那个女人和风琴手的事情了吗？"他问，一边神秘兮兮地把椅子挪了过来。那地方类似的事情还有很多呢。我听着，尽可能笑得真实一些。以这种油滑而粗暴的方式开了场,他随即开始打听关于我的细节。费利克斯·莱恩的生平,我早已熟记在心,所以说起来毫无困难。

"莱娜跟我说,你是写书的。"他说。

"是的,写侦探小说。"

他看起来放松了一点儿:"哦,惊悚故事啊,那就不一样了。不妨直接告诉你,莱娜说要带个作家朋友来的时候,我是有点警觉的。还以为你是布卢姆茨伯里①那种高高在上的作家。我可不需要那帮人。这事儿能挣点钱吗?写东西的活儿?"

"能啊,我干得还行。当然,我自己本来也有点儿钱。我想,一本书能挣三百到五百镑吧。"

"噢,真有你的!"他几乎带着敬意看着我,"畅销书,啊?"

"还谈不上畅销,算是比较成功的东西吧。"

他的目光略微避开了我,咽了一口波特酒,故意摆出漫不经心的样子,说道:"认识莱娜很久了吧?"

"不,也就一个星期左右。我想写点东西,可以拍成电影。"

"好女孩,精力充沛。"

"是啊,她是个漂亮妞儿。"这话我没怎么想就说出了口。乔治的脸上露出了难以置信的惊讶表情,好像突然发现自己怀里有条蛇。看来,说黄色故事是一件事,对他自己家的"女眷"轻浮,就是另外一

---

① 指布卢姆茨伯里派(Bloomsbury Group),1904年至二战间活跃在英国布卢姆茨伯里地区的一个文人团体。

件事情了。他语气生硬地建议说，我们该去找女士们了。

现在不能再写了。马上要和我未来的受害者及其家人开车出去。

8月2日

昨天下午，我们几个，莱娜、乔治、他儿子菲尔（一个大约十二岁的中学生），以及我自己，走出大门的时候，我敢发誓，有一刻莱娜好像受到了惊吓，突然一动不动。这一幕我在大脑中过了很多遍，想清清楚楚地再现出来。这件事发生得极快，当时我没有时间去思考它的含义。表面看来，似乎什么事也没有。我们来到外面的台阶上，来到日光下。莱娜顿了半秒钟，说道："还是那辆车？"乔治在她身后，说道："什么意思啊？"他语气中那一丝恐惧和威胁，难道全是我想象出来的吗？我感觉，莱娜回答的语气有点疑惑，"你开的还是那辆旧车？""还是那辆旧车？这话说得！还没跑到一万公里呢。你当我是谁，百万富翁啊？"

这件事也可能毫无玄机，不必做过多的解释，问题就在这里。我们上了车，乔治和莱娜坐在前面，我和菲尔坐在后排。菲尔"砰"的一声关上了车门，乔治猛地转过身来，生气地喊道："我要告诉你多少遍，这车门不用使劲摔？你就不能关得轻一点吗？""对不起，爸爸。"菲尔说，脸上露出难过而愤恨的表情。当然，也许在我们动身之前，乔治的脾气就已经不好了，但我怀疑他心情烦躁，是因为莱娜刚才说的话，或者是没有说出来的话，于是把菲尔当成了出气筒。

显然，乔治开车是不肯让人的。说良心话，他昨天下午开车也不能算鲁莽，但他在星期天的车流中穿梭来去，好像他有消防车的先行权一样。有三个并排骑摩托车的，我以为他会破口大骂，但他并没有，而是紧贴着他们，然后突然加速挤到他们前面，明显是想吓唬一下他们，或者逼他们撞到一起。开车的时候，他曾回过头问我："这地方来过吗，莱恩？""没，"我说，"不过我一直想回来。我出生在索亚十字村，你知道，在这个郡另外那头。""是吗？挺小的地方。那儿我去过一两次。"

他胆子可真够大。提到他杀死马迪的那个村落名字时，我从侧面观察着他的脸，他下巴上的肌肉并没有绷紧。我还有可能让他露出马脚吗？莱娜的眼睛盯着正前方，双手放在膝盖上，身体一动不动。说出索亚十字村，我可冒了很大的风险：万一他起了疑心呢，或者纯粹出于好奇去打听一下？那他就会发现，五十年来索亚十字村都没有哪家叫作莱恩。下车的时候，莱娜似乎在避开我的眼睛。自从我提到索亚十字村以后，她有一刻钟都没说话，对她来说，这比较奇怪，但这也算不上什么铁证。

我们下了车，我让乔治给我看看他的车。这当然是个借口，我只是想查验一下。车上贴了膜，但在我这新手的眼里，看不出任何更换翼子板或保险杠的痕迹。不过，事情过去了七个月，就算换过，也不会有痕迹了。时间久远，无法追踪（我希望在侦探小说里尽量避免使用"追踪"这个说法）。唯一的线索，在乔治和莱娜的脑袋里，也许只在莱娜的脑袋里，乔治这时候很可能早已忘记。我可不相信，在什么地方不小心杀了个人,他会记挂很久。

问题是,我怎么能获得线索呢?当前更重要的问题是,有什么可信的理由,能让我继续待在这儿?莱娜明天要回去。也许我今天下午能找到突破口,我们都要去拉特利家打网球。

8月3日

好歹这事儿定下来了。我要在这儿待一个月,乔治邀请的,勉强算吧。这么长时间应该够了。我最好从头说起。

我到的时候,其他受邀的人都还没来,于是乔治建议先练练手,他和我对莱娜和菲尔。我们在球场等了一会儿,乔治开始大声喊菲尔,菲尔还在屋子里没出来。听到喊声,维奥莱特跑了出来,她努力把乔治拉到一边,我听见她低声说"不想打球"之类的话。

"这孩子是怎么回事?"乔治喊道,"我不知道他最近着了什么魔。不想打?去告诉他,不想打也得打。在楼上生闷气!我可从来没有……"

"乔治,亲爱的,他有点儿难过。你知道,成绩单的事儿,今天上午你对他态度不好。"

"我亲爱的好女人,别胡说八道。这孩子这学期松懈了。卡鲁瑟斯说他有能力,但他要是不加把劲儿,明年的橄榄球就没有机会。你不想他得奖学金吗?"

"当然想啊,亲爱的。可是……"

"那好啊，总要有人告诉他得加加油。我可不允许他成天在学校里没精打采，浪费我的钱。他可要被宠坏了，要是你——"

"你外套后背上有一只蜜蜂。"莱娜打断了他的话，假装关切地盯着他。

"你别管，莱娜。"他恶狠狠地说。我已经无法再忍受这种恶心的场景了，而且我为菲尔感到难过，不想看着乔治把他从低落情绪中硬拽出来，于是我说，我上楼去跟菲尔说，我们想他下来打球。乔治显然吃了一惊，但他也不能不让我去。

我发现菲尔躲在自己的房间里，一开始态度倔强。但是，我们谈了谈，发现他根本不是坏孩子。不久，他什么都跟我说了，他这学期没有懈怠，只是学校里有个男孩铁了心要跟他比，他有心事（这种感觉我可是有体会的），所以不能专心学习。说到这里，菲尔已经哭了。不知道什么原因，这一幕竟然让我想起了我责骂马迪毁坏玫瑰的事情。我颇为冲动地建议说，也许我可以趁着假期给他上上课，比如说，一天几个小时，这样落下的功课就能补上。

菲尔结结巴巴，非常尴尬地表示感谢，这时候我才想起来，这倒成了留在塞温布里奇的最佳借口。这是行善以作恶[①]的最好实例，如果除掉乔治可以称为"恶"的话。

乔治心情慢慢平复，赢了一局网球之后甚至高兴起来，这时候我才提出这个想法：说我已经喜欢上了这个小镇，打算再待几个星期，

[①] 化用《圣经罗马书》第3章第8节："为什么不说，我们可以作恶以成善呢？"

在这乡村的恬静之中开始写我的新书,我提议,也许可以让我教教菲尔。乔治起先有些犹豫,但很快同意了,甚至还邀请我住到他家。我礼貌地拒绝了,我想他见我拒绝,也松了口气。无论如何我都不会在拉特利家住一个月。倒不是因为我住在他家,杀他的时候会有什么顾忌,我只是无法忍受家庭争吵一触即发的紧张状态。而且,乔治可能窥探我的隐私,找到这本日记,我可不能冒这个险。我每天来给菲尔上上课,这对我就足够了。

这一切安排好之后,我看了一会儿网球。一边是维奥莱特和乔治的修理厂合伙人哈里逊·卡尔法克斯,另一边是乔治和卡尔法克斯太太。她是个黑头发、高个子的女人,有吉卜赛人的风格,看样子非常主动。乔治心情好起来,我感觉她是原因之一。他把网球递给她让她发球的时候,我分明看到他的手指在她手上多停留了一会儿,她也热辣辣地看了他几眼。这也没什么奇怪的:她丈夫瘦小干枯、神情抑郁,我没见过这么无趣的人。

莱娜走过来,在我身边坐下。我们俩离其他人有些距离。她穿网球服特别漂亮,曼妙的身材都展现出来了,她还有意表现出中学女生的神态,虽然做作,却十分诱人。

"你看起来非常漂亮。"我说。

"这话去跟卡尔法克斯家的女人说呗。"她回答。不过看得出来,她很高兴。

"哦,那还是让乔治去说吧。"

"乔治?别荒唐。"她这话说得几乎有些生气,随即恢复了常态,说道,"到这儿来之后,我都没怎么见过你啦。你的眼睛里有种悠远的神情,好像是失忆了,或者消化不良。"

"那是我艺术家的性情上来了。"

"好吧,你也不妨偶尔从那性情中出来,给女孩子送个吻嘛,不难吧。"她靠过来,在我耳朵边低语,"没必要等我们回到伦敦啊,猫咪,你知道的。"

谁都会说我是专心致志的谋杀犯。我一心一意对付乔治,甚至都忘记了和莱娜的感情。我努力向她解释,我为什么留下来,我担心她会耍小脾气。十几个人都能看到我们,但这一点只会刺激她,不会让她收敛。然而奇怪的是,莱娜听到这个消息十分平静。实际上,她的反应太平静了,不免让人生疑。我起身去打网球的时候,她嘴角向上扬了扬,像在打趣,又像是挑衅。那局网球打到中场,我发现她和维奥莱特在认真地交谈。走下球场的时候,我听见她对乔治说(这话显然要让我听到):"乔治,亲爱的,让你魅力十足的小姨子再待一段时间怎么样啊?我们那部电影拍完了,我想再待几个星期,深入体验一下简单的乡村生活。好不好呢,老大?"

"这来得很突然啊。"他说,用他那主人挑选奴仆的眼光看了看她,"我想,如果维儿没问题,你就住着呗。为什么改变了主意呢?"

"哦,是这样的,没有我的猫咪,我想我会相思成疾的。你别告诉别人啊。"

"猫咪?"

"我的费利克斯·莱恩。费利克斯就是'猫'的意思。猫咪。

Compris① ？"

乔治大笑了一声，显得既尴尬又愚蠢。"哎呀，真是见了鬼了。猫咪！这称呼还真挺适合他，你看他拍球过网那样子。可是，说真的，莱娜——"他根本不知道我在听。当时他没看我的脸，也许这是好事。我永远不会忘记他这个笑话。可是，莱娜啊，她以为自己在干什么呢？有没有可能，她是想让我和乔治斗起来？难道在这个女孩身上，我犯了一个无法原谅、后果严重的错误？

8月5日

上午给菲尔上课，和往常一样。他是个挺聪明的孩子，天知道他的智力是从哪儿来的。但他今天上午状态不好。根据一些迹象，他经常走神。我进屋的时候，维奥莱特从我身边快速走过，眼睛红红的，我猜他们家可能吵架了。我正在教"没看见"这个词的拉丁文，菲尔突然问我有没有结婚。"没有。问这个干吗？"对菲尔撒谎，我感到很羞愧，尽管我对他家其他人撒谎时，眼睛都不会眨一下。

"你认为那是好事情吗？"他问，声音郑重、干涩，似乎有意在控制。像很多独生子女一样，他说起话来显得老成。

"是的，我认为是的。至少有可能是好事情。"我说。

"对，我想是吧，对合适的人来说。我不会结婚，永远不会。婚

---

① 法语，"明白"。

姻让人那么痛苦。我恐怕……"

"爱有时候的确让人痛苦。听起来不对劲，但这是真话。"

"噢，爱……"他说。他停顿了一会儿，深吸了一口气，然后这句话就从他嘴里蹦了出来："爸爸有时候会打妈妈。"

我不知道该说什么。我能看出来，他迫切需要某种肯定。他是个敏感的孩子，父母之间的争吵让他左右为难，就像生活在火山口旁边一样，没有安全感。我正准备安慰他，可这时候，我心里突然涌起一阵对整件事的憎恶感。我不想卷进他们的家事，不想因此分心。我说，我们还是继续学习"没看见"这个词吧，我想自己的声音有些冷漠。这实际上是怯懦的表现。我背叛了菲尔，从他的表情上能看出来。

8月6日

今天下午到"拉特利-卡尔法克斯"修理厂去看了看。我跟乔治说，这也许可以作为创作材料，"一切有关人渣的，我都不陌生"[①]，这是侦探小说家的座右铭，虽然我的措辞有所不同。我问了几个愚蠢的问题，让乔治提升了优越感，让我了解到修理厂储备所有代理汽车的零部件。我不敢细问翼子板和保险杠，可能会让他怀疑我是便衣警察。我已经发现，他有时候把车停在修理厂，尽管他家也有车库。

---

① 原文为拉丁文，化用了古罗马剧作家泰伦提乌斯（前195/185—前159？）的名言"我是人，所以一切有关人类的，我都不陌生"。

随后我们到了修理厂后面。那儿有一块堆放废弃物的空地，上面有一堆乱七八糟的垃圾，空地另一边就是塞温河。我觉得乔治不可能愚蠢到把受损的翼子板放在这里，但我还是想看看这堆破旧的废铁，于是我跟他聊了几句，拖延一点时间。

"这堆东西难看得很。"

"啊，那你说我们该怎么办呢？挖个大洞埋了吗，像反垃圾协会那样？"

乔治颇为善变。他这么个自视甚高的人，有时候竟然很容易生气。我突然决定冒个险。

"那些东西干吗不扔到河里呢？你从来都不往河里扔的吗？至少看不见了嘛。"

他回答前明显有个停顿。我发现自己不自觉地颤抖了起来，所以只好朝河边走几步，离他远一点，以免被他发现。

"我的天哪，你这人，这都是啥主意啊！整个市镇委员会都要找我算账。扔进河里！可真是好主意啊！我可一定要告诉卡尔法克斯。"这时候，乔治来到了我身边，"话又说回来，真要扔，这河边的水也太浅了。你看。"

我在看，我能看到河床。但同时我也看到，左边二十码的地方停了一条废弃的平底船。没错，乔治，河岸边水太浅，不能藏东西，可你能用平底船啊，轻轻松松划到河中央，把证物毁掉。

"倒没想到这里的河面这么宽。"我说，"我挺想坐坐船的。这里能租到小船吧？"

"应该能。"他淡淡地说,"我觉得太慢了,这种玩法——手里拽根绳子,屁股坐着不动。"

"哪天风大的时候我带你出去,你就不会说'慢'啦。"

想看的都看到了。垃圾堆上的那些破铜烂铁真的非常旧了,眼睛看着都难受。而且我敢肯定,我们从旁边走过的时候,有一只老鼠从垃圾堆里跑了出来。一个垃圾堆,旁边一条河,这里该是老鼠的天堂吧。回到修理厂,我们遇到了哈里逊·卡尔法克斯。我随口提了一下,说我想坐坐船,他说他儿子有条十二英尺的船,只在周末用,平时可以借给我。乔治也能换换口味,偶尔坐船到河里看看,还可以教菲尔划船。

8月7日

今天下午,我差点杀了乔治·拉特利,只差那么一点点。现在我感觉筋疲力尽。什么感受也没有,只有让人心痛的虚空,好像死里逃生、获得缓刑的是我自己,不是他。不,不是缓刑,暂停执行,仅此而已。而且,我获得杀他的机会,他侥幸逃脱,都简单得如同儿戏。以后我还能获得这样的机会吗?现在午夜早过了,今天发生的事已经在我大脑里重放了无数遍。如果我写下来,也许就能清空大脑、睡个好觉了吧。

今天下午,我们五个人,莱娜、维奥莱特、菲尔、乔治,以及我自己,开车到科茨沃尔德去。我们打算到拜伯里村周围看看风景,然后野营吃下午茶。乔治给我介绍拜伯里周围的地方,好像整个村都是他的一样,我则尽量表现出第一次来的样子,实际上我已经来过十几次了。我们站在桥上，看下面的鳟鱼，那鱼儿和乔治一样，块头很大、傲气十足。然后我们开车往山上走。莱娜、菲尔、我，三人坐在后排。莱娜一直表现得深情款款，下车的时候，她还挽住我的胳膊，贴在我身边走。乔治心情不快，不知道是不是因为这一点。反正总有什么事情惹他生气了。我们在一片小树林旁边铺好毯子，维奥莱特建议生一堆火驱赶蚊虫，这时候，一幕非常糟糕的戏开始了。

首先，乔治嘟嘟囔囔，不愿意去捡小树枝。莱娜开始埋怨他，说体力劳动有利于减肥，这就撞到他死穴上了。乔治显然憋着火，于是把"枪口"对准了菲尔，说他在预备学校当过童子军，最好给大家展示一下怎么生火。小树枝有点潮湿，可怜的菲尔动手能力也不怎么样，反正他根本不知道怎么生火。乔治站在他跟前，吓唬他、嘲笑他，而这个可怜的小男孩哆哆嗦嗦拨弄着树枝，浪费了几十根火柴，拼命地吹着气，想把火生起来。他的脸越来越红，双手也抖得厉害。乔治这副架势真令人憎恶。过了好久，维奥莱特介入了，用通俗的话说，这就是火上浇油。乔治的脾气都发到了她身上，开始冲她喊叫，说一开始要生火的就是她，现在又来干涉是他妈的什么意思，又说只有菲尔这样什么也不会的弱智才不会生火。菲尔无法忍受这话，受不了对他母亲进行的无礼攻击，他跳了起来，冲乔治说："既然你这么厉害，那你自己干吗不去生火？"

这挑战权威的小演讲，最后几个字变成了低声的嘟囔，菲尔没有足够的勇气把话说完，但乔治还是都听见了。他抬手扇了菲尔一耳光，将他打倒在地。这个场景非常可怕，无法用词语描述。乔治逼着小孩进行反抗，等孩子反抗后又将他镇压下去。我知道当时我很生自己的气，因为我没有勇气介入。我跳了起来，我相信当时我肯定会把对乔治的真实想法都说出来（那一切就全毁了，包括我未来的计划）。

然而，莱娜抢在了我前面，她的声音十分冷静，好像什么事也没发生："你们两个去看看风景。过五分钟，下午茶就好了。去吧，乔治，亲爱的。"她用她最生动、最有风情的眼神看了他一眼。乔治便和我一起走开了，温驯得像头绵羊。

是的，我们去看了风景，风景非常壮观。我们从树林的一角转过去，到了其他人看不见的地方，这时，眼前便出现了一个将近一百英尺的悬崖，那是以前的一个采石场。描述起来要花很长时间，但整个事情应该三十秒内就结束了。我离乔治有一点儿距离，我想去看一株兰花。来到兰花跟前，我发现自己就位于采石场的边缘。兰花，我脚边的陡峭石壁，周围重重叠叠的山峦，散发着野草、苜蓿和芥菜的清新气息。还有乔治，他胡子下方肥厚的嘴唇噘着，就是他毁了维奥莱特和可怜的小菲尔这个美好的夏日午后，就是他杀了马迪。这一切我似乎都看得清清楚楚，同时还看见了悬崖边上那个兔子洞。我立刻知道了，我该怎么干掉乔治。

我喊他过来，到这边看看，他开始朝我这边走。接下来，我将喊他看下方采石场里的那台碎石机，他会站到悬崖最边上。然后，我会迈步朝那边走。但是，我刚迈开第一步，便一脚踩进了兔子洞，这样我就会重重地摔出去，撞到乔治的腿上，他就会从悬崖上跌下去。悬崖很高，他身体很重，接下来的事情就不用操心了，那就是完美的谋杀。

就算有人碰巧看见我们,那也没有关系。我绊了一跤,撞在乔治身上,这一事实我本来就没打算隐瞒。谁也不知道我有害他的动机,所以大家都会相信这是个意外。

现在,乔治离我只有五码①的距离了。"看什么呢?"他一边说,一边慢慢走过来。这时候我犯了个致命的错误,尽管当时我不可能知道这是错误。我一时冲动,想吓唬他一下,几乎是向他发出挑衅,看他敢不敢上来。我说:"这里有个大采石场,很可怕的悬崖。过来看啊!"

他立即停住了脚步,说道:"我可不行,老伙计,谢谢啦。我可不能去高的地方,受不了。我有眩晕症之类的毛病……"

好了,现在我又要从头开始了。

8月10日

昨晚拉特利家的派对,发生了两件小事,揭示了乔治的性格,如果这么嚣张的性格还需要"揭示"的话。

晚饭过后,莱娜表演了一两个小节目。然后我们开始玩一个有些情色意味的游戏,叫作"沙丁鱼"。一个人先躲起来,躲的地方越小越好。无论谁找到他,都要和他挤到一起,就这样一直持续下去,最后大家挤作一团,有点像逼仄地牢中的囚犯,也有点像挤在一起寻欢作乐的人群。第一次玩的时候,洛达·卡尔法克斯先躲。事有凑巧,我很快

---

① 码是英制长度单位。1码≈0.91米。

找到了她,她躲在一个放满扫帚的柜子里。

里面很暗,我在她身边坐下来,她低声道:"哎呀,乔治,没想到你这么快找到了我,我肯定对你有特别的吸引力。"从她说话的口吻猜测,她肯定事先把藏身之地告诉了乔治。接着,她把我一条胳膊拉到她腰上,脑袋搁在我肩膀上,直到这时,她才发现自己犯了可怕的错误。不过,她表现得颇为镇定,也没有急着把我的胳膊拉开。这时,一个人跌跌撞撞从卡尔法克斯太太另一边进了柜子。"嗨,是洛达吧,对吗?"他低声问。"是的。""看来乔治先找到你啦?""不是乔治,是莱恩先生。"

跟在我后面进来的是詹姆斯·卡尔法克斯。有趣的是,他竟然以为我是乔治。他一定是个容易满足的丈夫。乔治本人则是第三个进来的,发现柜子里有人,我想他并不高兴。又玩了一轮"沙丁鱼",他就说要换别的玩(他这种人就算是玩个室内游戏也要当老大)。于是他开始组织一个非常吵闹、非常粗暴的游戏,其中有个环节是大家跪着坐成一圈,互相扔靠枕。他选了一个很硬的靠枕,玩得很猛烈,一边大声笑着。有一次,他有意用尽全力把靠枕朝我脸上扔来。我倒向一侧,靠枕砸到了我的眼睛,有一瞬间我什么也看不见。乔治放声大笑起来。

"把他干翻了,像根羽毛,干翻了!"他大声嚷道。

"你是个笨蛋,"莱娜说,"要把人家眼睛砸瞎吗?知道你是身强力壮的男子汉,别炫耀了!"

乔治拍拍我的肩膀,装出关切的样子,说道:"可怜的老猫咪,抱歉啦,老头子,我不是故意的。"

我勃然大怒，特别是他当着这么多人的面，用了这个愚蠢的昵称。

我故作热情地说道："没关系啦，老鼠，我的老小子。你真不知道自己力气有多大，是吧？"

乔治当然不高兴。我这是教教他，不要随口乱讲、信口开河。我越来越觉得，他在妒忌我和莱娜。我也不清楚，也许他只是感到困惑，搞不明白我俩之间究竟是怎么回事。

8月11日

莱娜今天问我，这个月剩下几天，为什么不搬到拉特利家去住。我说，我觉得乔治恐怕不太欢迎吧。

"噢，他不介意的。"

"你怎么知道？"

"我问过他啊。"然后她认真地看了我一会儿，说道，"亲爱的，你不需要担心，我和乔治是过去时了。"

"你是说，以前你们有事情？"

"有，有，有！"她爆发了，"以前我是他的情人。好啦，现在收拾行李，想回家就回家去吧！"

她都快要哭出来了，我得尽力去安慰她。过了一会儿，她说："你会来的，是吧？"

我说，好的，如果乔治不介意的话。不知道我是不是做了件蠢事，但要拒绝莱娜比较困难。我要把日记藏好，不过住过去也有很多好处。

嘴上谈谈意外很容易,但要付诸实施,给乔治安排一个合适的"意外",那就困难得多了。举个例子,我对汽车了解不够,所以没法去动他的车。就我而言,任何涉及机械的意外都是不可能的。住到他家里,也许我能找到灵感。人们说,就算最有秩序的家庭,都会发生意外,何况他家完全谈不上有什么秩序。而且和莱娜住在同一个房子里,也很不错,不过我还是希望她不要让我心软——现在我的心里可不能给爱留下空间,现在我孤身一人,以后也要孤身一人。

8月12日

坐小卡尔法克斯的船,在河上度过了一个愉快的下午。上次开船的时候我就有点怀疑,不过那次风太小,还不太确定,这次确定了:这艘船有点儿下风舵,风大的时候会很难操控。我真该尽快带菲尔上船,他显然很想去,但我一直推迟。我怕触景生情:我这个月本该教马迪开船,如果他……因此我就更应该带菲尔上船了。

今天晚上我一直在想,我每天是怎么做到的呢?看到乔治,我身体的每个细胞都在恨他,恨得咬牙切齿、无以复加,然而令我自己都感到震惊的是,我在镜子里看到,自己的表情平静如水。我这么恨他,全身心地恨他,但是面对他的时候,却不需要有意去控制自己、隐藏自己,现在也没有了迫不及待把事情完成的感觉。倒不是因为我害怕后果,也不是因为找不到正确的方法而感到绝望。可是,在一定程度上,可以说我是自愿拖延的。

我相信可以这样解释：一个人如果爱另一个人，常常会拖延表明心迹的时间，不是因为胆怯，而是为了延长对爱情圆满的甜蜜期待。同样，一个人如果恨另一个人，也会慢慢品尝仇恨的滋味，对着潜意识里的受害者幸灾乐祸，然后采取行动，让仇恨得到圆满。这听起来有些牵强，所以我不敢向任何人诉说，除了我这幽灵一般的倾听者：我的日记。但是，我相信这是真的。也许这会将我变成反常的神经症患者——彻底的施虐狂，但它完全符合我和乔治相处时的感受。我打心底里觉得这是正确的解释。

这不也可以解释哈姆雷特长时间的"犹豫"吗？不知有没有学者提到过，他之所以犹豫，是因为他想延长复仇的期待，想将那甜美而危险、永远不会让人生腻的仇恨之蜜一滴一滴慢慢挤出来？我想还没有学者提到过。等干完乔治，我来写一篇关于哈姆雷特的论文，提出这个理论，那才是令人开心的讽刺呢。天哪，我可真愿意做这件事呢！哈姆雷特不是一个畏首畏尾、变化无常的神经质。他是一个真正懂得仇恨的人，将仇恨变成精致的艺术。那么长的时间里，我们以为他在犹豫，实际上他是在将敌人的身体吸干。国王最后死去，不过是丢掉一副空空如也的皮囊而已，像汁液都被吸干后剩下的果皮。

8月14日

说到悲剧性反讽！昨天吃晚饭的时候，发生了一次最不同寻常的谈话。我不知道是怎么开的头、谁开的头，反正谈话后来变成了一场关于"剥夺生命权"的研讨会。我想一开始我们谈的是安乐死。如果病人无法治愈,医生是不是该"尽其全力让病人活下来"?

"医生!"老拉特利太太大声感慨,她声音粗重,说话掷地有声,"就是强盗,全部都是强盗!伪专家。我绝不会相信他们。你们看看那个印度的家伙,叫什么名字来着?把他老婆切成了碎片,藏在桥底下。"

"你是说巴克·鲁克斯顿①吧,老妈?"乔治说,"那可真是离奇恐怖。"

老拉特利太太粗声粗气地笑了起来,她和乔治心照不宣地互相看了一眼。维奥莱特脸红了,这是个让人痛苦的时刻。

她怯生生地说:"我想啊,如果人们病得治不好了,就该允许他们请医生结束他们的痛苦。你觉得呢,莱恩先生?毕竟,我们对动物就是这样的啊。"

"医生?呸!"老拉特利太太说,"我这辈子没生过一天病。一半的病都是想象出来的……"乔治笑了一声。"我告诉你啊,乔治,你那些保健品啊,不要更好。你这样一个生龙活虎的家伙,竟然付钱给医生,让他给你一瓶一瓶彩色的水,还有从鼻子里往下倒的!真不知道你们这代人是怎么了,那么多患疑病症的。"

"什么是疑病症啊?"菲尔问道。我想,我们都忘记了他还在场。他最近才获得许可,晚饭可以吃得迟一些。看得出来,乔治马上就要蹦出一句打击孩子的话,于是我急忙抢着回答道:"一个人喜欢觉得

---

① 史上确有其人其事,案件发生于1935年,该医生于次年被判处绞刑。

77

自己生病了，实际上他没生病。"

菲尔脸上露出疑惑的表情。我想，他无法想象，怎么会有人喜欢觉得自己肚子疼。大家就这么有一搭没一搭地谈了一会儿。乔治和他母亲都不听别人在说什么，一心只想着自己的观点，如果能叫"观点"的话。这种粗暴的谈话风格，让我非常气恼。出于某种有欠考虑的恶作剧心态，我淡淡地对着全桌子的人说："不谈身体上或心理上无法治愈的人，那些无药可救的社会害虫怎么办呢？让周围每个人都痛苦不堪的那种人？你们不觉得杀死这种人也是正当的吗？"

一段意味深长的沉默，然后几个人一起开了口。

"我觉得你们谈得越来越离谱了。"（维奥莱特说，她像大多女主人那样，语气急切、焦虑，实际上离歇斯底里不远了）

"噢，可是想想那有多少啊，我是说，从谁开始呢？"（莱娜说，她盯了我好一会儿，好像是第一次见我一样，抑或这只是我的想象）

"胡说八道，这想法有毒。"（老拉特利太太说，她就是感到震惊，也许所有人当中，这是唯一真实、直接的反应）

乔治没有任何反应，显然，他根本不知道我这通乱箭其实是针对他的。

"你的这个费利克斯，真是个嗜血好杀的小家伙啊，是吧，莱娜？"他说。这是乔治道德怯懦的典型表现，我们俩独处的时候，他从来不敢开这种玩笑，有人的时候他也只敢旁敲侧击，可以说，是躲在莱娜背后冲我放冷枪。

莱娜没理他，她仍旧在盯着我，眼神中充满着疑虑、困惑，红色的嘴唇一角上扬着。

"可是,你真的会吗,费利克斯?"最后她神情严肃地问道。

"会什么啊?"

"干掉一个社会害虫,就是你描述的那种人。"

"女人啊!"乔治插嘴道,"总是要刨根问底。"

"是的,我会。那种人没资格活着。"我又随意地补了一句,"当然,条件是,做这件事,不会把我自己送上断头台。"

这时候,老拉特利太太突然采取了行动。"这么说,你是个自由思想者啦,莱恩先生?我看,还是个无神论者?"

我带着安慰的口气回答道:"哎呀,不是的,夫人。我思想非常传统。不过,你怎么看呢?是不是有些情况下杀人是正确的,当然,战争除外?"

"战争中,那是攸关荣誉的事。莱恩先生,如果攸关荣誉,杀人就不是犯罪。"这个老家伙甩起那些令人痛苦的古董词汇来,倒也很有一套。她五官粗人,鼻梁高挑,这一刻看起来颇像古罗马大家庭的女主人。

"攸关荣誉?你是说,你自己的荣誉,还是别人的荣誉?"我问。

"维奥莱特,我想啊,"老拉特利太太以酷似墨索里尼的口气大声说道,"我们该让先生们好好喝酒。菲尔,开门,别站那儿跟掉了魂似的。"

喝着波特酒,乔治变得口若悬河起来。毫无疑问,摆脱了这么个反常、尴尬的话题,他的心情也轻松了。"了不起的女人啊,我老妈,"

他说,"别忘了,她父亲是艾弗肖特伯爵隔了无数房的五表弟。我做生意,她也一直不习惯。可是,魔鬼让你去,由他不由你啊[①]。你知道,经济萧条的时候她的钱都没了,这可怜的老姑娘,她一个人还在济贫院待过,这话你就不要到外面说啦。当然,现如今头衔是一文不值了。谢天谢地,我也不是什么势利之徒。我是说,人得与时俱进啊,是吧?不过呢,这老姑娘坚持着以前那一套,倒也有些风度。贵族风范吧,类似的东西。说到这里,我想起来了,公爵和独眼女仆的事儿,你知道吗?"

"不知道。"我说,心里涌起一阵恶心……

8月15日

今天上午又带菲尔上船了。阵风,后来下了雨。小帆船可不好控制。菲尔的手不够灵活,但他学得快,也有生性敏感者的那种勇气——面对危险心驰神往、孤注一掷。还有,他告诉了我杀死他父亲的方法。

当然不是有意的,只是小孩的随口一说。菲尔刚接过船舵,突然刮来一阵强风,差点儿将船舷压下去。他根据我之前教的方法,将船头调整到迎风的方向,然后转过脸对着我大笑,眼里都是兴奋的光芒。

"啊呀,这可真好玩。费利克斯,是不是啊?"

[①] 英国一个比较古老的谚语,出处不详,莎士比亚在《终成眷属》第1幕第3场中用过,措辞不同。

"是，你干得很好。你父亲该来看看现在的你。小心！眼睛盯着点儿。迎着风来的方向看，能看到阵风什么时候刮过来。"

菲尔显然很高兴。乔治认为（或假装认为）菲尔是个彻头彻尾的窝囊废。像菲尔这样的孩子，需要在冷酷的父母面前，表现出自己的价值，证明他们的判断是错误的。令人惊讶的是，这在很大程度上塑造了他们的性格。

"啊，就是啊！"菲尔喊道，"你觉得，能不能找哪一天，让他跟我们一起来呢？"话刚说完，他立即面色一沉。"不行，我忘了。我爸不会来的，我不指望了。他不会游泳。"

"不会游泳？"我说。这句话在我心里重复了很多遍，声音越来越大，冲我呐喊，好像有几英里远，又好像近在咫尺——在我内心最秘密的地方，就像麻醉缓慢生效时听到的声音一样。我心脏狂跳不止，正如复仇之神即将杀出囚笼。

今晚不写了。我要仔细想清楚。明天，我要把计划写出来，会是个简单而有效的计划。现在我都能看到计划的雏形了。

8月16日

对，我相信万无一失了。唯一的困难是，如何让乔治坐上游船。不过，稍微动点脑筋，奚落他一番，应该就够了。一旦上了船，他的末日就到了。

我需要等下一个有阵风的日子，像昨天一样。假设吹的是这里常见的西南风，我们逆流而上，航行半英里，然后掉转头来，顺风而下。这就是我动手的时刻。船航行时，我们的帆杆在左舷。等阵风刮来，我就想办法突然转帆。这艘船是下风舵，必然会翻。而乔治不会游泳。

一开始，我想自己操作，把船弄翻。但是，河两岸通常有零星渔民，要是有人碰巧看到这场"事故"，碰巧他又懂航行，便会问出一些尴尬的问题，比如我这么有经验的航行者为什么会让船翻掉。关键时候，如果抓舵柄的是乔治，那就绝不会有人怀疑了！

我是这样计划的。顺风航行时，我把舵柄交给乔治，自己照料主帆和三角帆。看到大风即将刮来，我就让乔治推舵顺风换舷，这时候，主帆后沿就会吹入逆迎风，帆杆就会猛烈地横过来。唯一阻止突然转帆的方法，是瞅准时机迅速改为逆风舵，但这一点乔治是不可能知道的，我也没有足够的时间，无法从他手里抢过舵柄阻止帆船翻掉。开始顺风航行的时候，我要记得把稳向板拉起来，这是常见的做法，而且毫无疑问能保证船一定会翻。乔治会被直接甩出去，如果我的运气好，可能帆杆还会打晕他，所以他不可能有机会游回来，抓住船体。我要想点办法，让自己被帆罩住，或者缠到一堆绳子里，一时脱不了身，来不及去救那个可怜的家伙。还要注意，翻船的地点，不能离那些渔民太近。

那将是完美的谋杀、无可挑剔的意外。最糟糕的事情不过是被验尸官批评，说我不该在风这么大的时候让乔治上船。

验尸官！我忽然想到这问题。调查时，我的真实姓名肯定会暴露出来，莱娜会发现我就是乔治开车撞死的那个孩子的父亲。她能不能把这些信息拼凑起来，开始怀疑航行意外或许另有猫腻？我得想个什么办法解释过去。她足够爱我、会为我保守秘密吗？这不体面，计划的这部分——我这样利用莱娜。但我为什么要在乎？我该记住的是马迪，马路中间那个摇摇晃晃的小人儿，那袋打开的糖果。与他的死相比，谁的感受都不重要。

听说，在溺水开始阶段，会非常痛苦。很好，我很高兴。乔治的肺几乎要爆炸，脑袋疼得几乎要裂开，双手乱抓乱挠，想移开胸口承受的巨大水压。希望那时候他能想起马迪。我该不该游到他身旁，对着他的耳朵喊一声"马迪·凯恩斯"？不必了，临死前就让他去想自己的心事吧，相信那一刻他要面对的千头万绪，足以给马迪报仇了。

8月17日

今天吃午饭时，我给乔治下了诱饵。卡尔法克斯夫妇也在。维奥莱特假装不在意乔治和洛达·卡尔法克斯之间的眉来眼去，那样子真够可怜的。这让我对付乔治时思维更加敏锐。我说，菲尔看来会成为航船高手。乔治脸上露出了矛盾的表情，介乎愚蠢的骄傲和失礼的怀疑之间。他勉强说道，听到这孩子还能做点事情，他很高兴，好过让孩子整个假期都在花园里游手好闲，等等。

"你自己哪天也该去试一试。"我说。

"坐你那个小玩意儿出去？我可不干，我还不想去找死！"他大笑起来，笑得过于用力。

"哦，很安全，如果你是担心安全问题的话。不过也蛮奇怪的，"我继续对着所有人说，"很多人害怕坐小船，可在过马路的时候，我们却想都不想，自己有可能被车撞倒。"

听到后半句，乔治微微垂下眼皮，这是他唯一的反应。

维奥莱特突然说道："噢，乔治可不是害怕，我敢肯定。他只是——"

她这话说得太糟了。妻子替自己辩白，显然让乔治十分生气。毫无疑问，接下来她要说"他只是不会游泳"。乔治赶紧打断了她的话，他模仿着维奥莱特的声音，听起来非常刺耳："不，亲爱的，乔治不是害怕。不害怕小船，不是。"

"那很好，"我不经意地说道，"这么说，你答应了？我敢肯定，你一定会很开心。"

事情就这么定了。我内心激动得喘不过气。房间里的一切对我来说若即若离，莱娜对着卡尔法克斯叽叽喳喳，维奥莱特隐约坐立不安，洛达对着乔治的脸放肆地大笑，老拉特利太太一边摆弄着鱼，一边露出不悦的神色，好像没找到鱼的谱系一样，锐利的目光不时从那浓密的眉毛下射出来，落在洛达和乔治身上。我身体微微颤抖，像绷紧的绳子，只好一动不动地坐着，试图放松下来。我瞪大眼睛，望着窗外，最后窗户里的房子和树都模糊了，混到了一起，成了一个斑驳的图案，颤抖着、流动着，像艳阳天树荫下波光粼粼的河面。

一个仿佛从遥远地方传来的声音，将我从恍惚中惊醒。是洛达·卡尔法克斯，她说："莱恩先生，你整天待在这儿，除了教孩子功课之外，还干些什么？"

84

我正打起精神,准备回答问题,这时乔治插了一句:"噢,他就在楼上坐着,计划他的谋杀案。"

我在惊悚小说中经常用一句套话,说"所有的血似乎一下子全从心脏里涌出来了"。我从没意识到,这句话竟如此准确。乔治的这句话让我浑身冰冷,脸庞煞白。我睁大眼睛看着他,似乎看了几个小时,嘴巴抖个不停,无法控制。直到洛达说,"哦,你在写那本新书,是吧",我这才反应过来,原来乔治说的是小说中的谋杀案。难道不是?他有没有可能发现了什么,开始怀疑我了?不会,担心这个简直荒唐。这一刻我如释重负,甚至有些飘飘然,以至于变得咄咄逼人。

乔治吓了我一大跳,我心里气得不行,说:"对呀,我正在筹划一桩漂亮的谋杀案。我想,算是我的'代表作'吧。"

"说得可真是没错啊,"乔治说,"锁着门,闭着嘴,一点风声都不漏。当然,他确实说了,他在写一部惊悚小说,可我们也没证据,是不是?他应该给我们看看手稿,是不是,洛达?这样我们才能确定他不是逃犯,或是隐藏身份的超级罪犯之类的。"

"我不会……"

"就是啊,费利克斯,午饭后一定要读一点儿,"莱娜说,"我们坐下来围成一圈,大反派的刀落下的时候,我们就一起尖叫。"

这太吓人了。这个想法蔓延开来,像野火一样越烧越旺。

"一定要读啊。""是啊,必须读。""好啦,费利克斯,别扫兴啦。"

我想让语气坚决一些,但实际听起来,恐怕像一只受了惊吓的母鸡。

"哎呀，不行，我很抱歉。我不喜欢任何人看到我未完成的手稿，我会觉得很别扭。"

"别扫兴啦，费利克斯。这样吧，如果作者脸皮薄得羞于启齿，那么换我来读。读完第一章，然后我们来打赌，猜猜谁是凶犯。每个人投一块钱做赌金。我想，第一章里凶犯就出场了吧？我现在就上楼去拿。"

"不许你这么做。"我的声音都有些哑了，"我绝不允许，不许有人窥探我的手稿。"

乔治傻乎乎地咧嘴笑着，那模样让我愤怒。当时我的眼睛肯定在瞪着他。"你不会让别人偷看你的私人信件吧？所以你也不要碰我的。你难道笨到不明白这么简单的道理？"

乔治当然很高兴，他戳到了我的软肋。"啊哈，原来如此！私人信件。情书。'把爱情的光藏在斗底下[①]'。"说出这句聪明的话，他大笑起来，"你最好留意啊，莱娜会吃醋的。她的脾气可不是好惹的，我领教过。"

我竭力控制住自己，用漫不经心的口吻说道："不，不是情书，乔治。你这自说自话的习惯可一定要改。"不知道为什么，我又说了下去："换成是我，我不会读手稿的，乔治。假如我把你写进故事——那你岂不是非常尴尬，对不对？"

卡尔法克斯出人意料地说话了："我想他认不出自己来。谁都认

[①] 乔治改用了英文中一个常见谚语："把光藏在斗底下"，意为隐藏才华或成就，不让他人知道。最早出自《圣经·马太福音》第5章第15节："人点灯，不放在斗底下，是放在灯台上，就照亮一家的人"。

不出来自己，是不是啊？当然，除非他是主人公。"

这句话略带讽刺却令人愉悦。卡尔法克斯一直不温不火，没想到会说出这样的话来。不用说，话里的刺太微妙，乔治皮糙肉厚，是不会感觉到的。我们开始谈论作家如何从真人身上获取灵感，创造虚构人物，刚才那阵风就算刮过去了。不过，刚才刮风的时候，真是让人不寒而栗啊。希望我以后不要像刚才那样暴露自己，不能那样冲乔治发脾气。希望我藏日记的地方真正安全。如果乔治真要对"那本手稿"刨根问底，恐怕上锁也不会有什么用。

8月18日

伪善的读者，你能想象自己处在一个能够杀人却不用负责的位置上吗？无论谋杀行为本身是成功，还是由于难以预料的因素失败，统统看似意外，不会引起丝毫怀疑。每天和你要杀的人生活在同一个屋檐下，除了只有你知道的特殊罪行外，这个人的存在对周围人都是个祸害，对造物主是个侮辱。你能想象这样的处境吗？你能想象与谋杀对象熟悉之后，和这令人憎恶的家伙相处有多容易、对他有多鄙视吗？有时，他看你的眼光也许有些异样：在他看来，你有些心不在焉，这时你就给他一个愉快的、漫不经心的微笑。之所以漫不经心，是因为那一刻，你大脑中第五十次预演着风、帆、舵的位置移动，而这些将置他于死地。

如果可以，想象这一切，同时努力设想一下，你却被一件小事牵制,止步不前、犹豫疑惑。是因为"平静细微的声音"[1]吗？亲爱的读者,也许你这样猜想。这样想很宽厚,但你错了。相信我,干掉乔治·拉特利,我不会有丝毫的道德顾忌。他毒害、扭曲了菲尔那个好孩子的生活,就算我没有其他原因,单单这一条也足够了：他已经害死了一个好孩子,我不会让他再害死下一个。不,让我犹豫的,不是良知,甚至也不是我天生的胆怯,而是比这些都更加关键的因素,天气。没错,正是天气。

我待在这儿,还不知道要继续待多久。我像古代水手一样,吹着口哨,召唤水上来风[2]（我想,吹口哨召唤风是一种交感巫术,和人类的第一艘船一样古老；类似于野蛮人敲锣求雨,或者在农田里施行丰收仪式）。倒不是说我真的要吹口哨求风。风今天就有,可是太大了,接近狂风,西南边来的。问题就在这里。我需要的风要足够大,能掀翻一艘操作不当的船,但又不能太大,不会让人觉得我带新手上船是胆大妄为、不计后果。我还要等多久,才会有这样不大不小的风呢？我不能一直住在这里。别的先不说,莱娜就已经有些焦躁不安了。说实话,我发现她开始有一点点烦人了。她美丽可爱,对我又好,这话我本不该说,可她最近好像没那么有活力了,变得像个黏人的小姑娘,我现在的心情无法应对这样浓烈的情感。就在今晚,她还说："费利

---

[1] 语出《圣经·列王纪上》第19章第12节。英语里用"still small voice"（平静细微的声音）表示"良知的呼声"。

[2] 语出英国浪漫主义诗人柯勒律治（Samuel Taylor Coleridge, 1772—1834）名作《古舟子咏》(1798)。

克斯，我们不能去个别的地方吗？这些人我都烦了。你就不能走吗？求你啦。"这事儿她特别来劲。也没什么奇怪的，对她来说，这里不可能很有趣，天天看着乔治，想着七个月前的那个晚上，他们的车在一条小路上撞死了一个孩子。当然，我只好用不着边际的承诺打发她。我对莱娜不太满意，但就算我想当个花花公子，也不敢和她分手。一旦我的真实身份在调查中曝光，我得保证到时候她会站在我这边。

第一次遇到莱娜，她坚韧强硬、俏皮风趣、慌里慌张，真希望她变回那时候。背叛那个莱娜，要容易得多。她迟早会觉得我背叛、利用了她。我把她当成解决问题的线索，虽然她从未意识到究竟是什么问题。

8月19日

拉特利家今天发生了一个有趣的插曲。当时我从客厅门口经过，门半开着，传出低低的啜泣声。我正打算直接走过去（在这里待久了，习惯了这种声音），突然，我听见了乔治母亲的说话声，语气刺耳、紧迫、专横。"好了，菲尔，不要哭哭啼啼了。记住，你是拉特利家的人。你祖父死在南非战场上，周围一圈全是被他杀死的敌人。他们把你祖父剁成了碎片，无论如何，他都不肯投降。想想他。哭哭啼啼不觉得丢人吗？"

"可是，他不应该……他，我受不了……"

"等你长大，你就明白这些事了。你父亲也许脾气有些暴躁，但是，一个家里只能有一个主人。"

"你怎么讲我不管,他就是欺负人。他没有权利那样对待妈妈,太不公平了。我……"

"住口,孩子!马上给我住口!你怎么胆敢批评你的父亲?"

"你也批评啊。我听到你昨天跟他说,他跟那个女人那样搞,是丢人现眼,你会……"

"菲尔,够了,决不允许你跟我或任何其他人再提这件事。"老拉特利太太的声音像一把生了锈、缺了口的刀子。接着,她的声音突然变得轻柔、平和起来,变化之大简直可怕。她说:"答应我,孩子,你一定要忘记那些事。你还太小,别为大人们担心。答应我。"

"我没法答应一定忘记啊。"

"别跟我挑字眼儿,孩子。你知道我是什么意思。"

"哦,好吧。我答应你。"

"这还像样。好啦,看见那边墙上挂着你爷爷的剑了吗?去拿下来,去吧。"

"可是……"

"按我的吩咐做……对了。把剑给我。我要你为奶奶做件事。我要你跪下来,把剑举在胸前,对着剑发誓,无论发生什么事,你都会捍卫拉特利家的荣誉,永远不以你的姓氏为耻。无论发生什么事。你明白吗?"

我听不下去了。乔治和这个老泼妇你来我往,会把孩子逼疯的。我迈步进了房间,说道:"你好啊,菲尔,你拿着这件可怕的武器干什么?看在老天爷的分儿上,可别掉了啊,否则脚趾都要给切下来。

哎呀,才看见你,拉特利太太。恐怕我得带菲尔走啦,上课时间到了。"

菲尔傻傻地冲我眨着眼睛,好像梦游刚醒。老拉特利太太坐在那儿,剑横放在她腿上,呆若木鸡,很像爱泼斯坦①雕塑的人物。出去时,我察觉到她的目光射在我背上。我不能转身面对她的目光,否则可能小命不保。我祈求老天爷让我把她也淹死,像淹死乔治一样。那样菲尔才会有点希望。

8月20日

过不了几天(天气允许的话),我将成为谋杀犯。奇怪的是,我已经完全适应了这个想法。我没什么情感波动,最多有点小小的不安,就像正常人去看牙医前一样。我想,人如果处在干这种大事的边缘,脑子里充斥着同一件事,那么他的感知会变得迟钝。这挺有意思。我心里说,"我很快就要成为谋杀犯了"。这话听起来自然、冷静,好像我说的是"我很快就要当父亲了"。

说到谋杀犯,今天上午我和卡尔法克斯聊得不错。我把车开到他的修理厂去换机油。他看起来是个体面人。我无法想象他怎么能忍受和乔治这样的人合伙。他很喜欢侦探故事,问了我很多关于小说中谋杀技巧的问题。我们谈论了指纹科学,还有从小说中谋杀犯的视角来看,氰化物、士的宁和砒霜各有什么优点。在后面这个话题上,恐怕

---

① 指雅各布·爱泼斯坦(Jacob Epstein, 1880—1959),英国雕塑家。

我知道的并不多。等我重操写作旧业，一定要去上一门关于毒药的课（奇怪的是，我竟然非常自然地认为，等这个与乔治相关的烦人小插曲结束以后，我还可以定下心来做我的工作，就像指望滑铁卢大捷之后惠灵顿公爵还能回去摆弄玩具士兵一样）。

我们聊了好一阵子，然后我信步闲逛，到了修理厂后面。我看到了一幕奇怪的景象。乔治背对着我站在那儿，他肩宽背厚，几乎把窗户全部遮住了。看他的样子，像被敌人围困在房子里正朝外面射击呢。传来"噗"的一声，我走上前去。他真的在射击，用的是气枪。我走到他身边时，他说："又干掉一个小坏蛋——哦，是你啊。我在打那边垃圾堆里的老鼠呢。我们什么方法都试过，毒药、老鼠夹、捕鼠器，还是控制不住。昨天晚上，这些小坏蛋跑过来，咬坏了一个新轮胎。"

"这把枪不错。"

"是的，去年菲尔生日给他的。我跟他说，打死一只老鼠可以得一个便士。我想他昨天打中了两只。喂，想玩玩吗？我们赌个半克朗[1]。一人六发子弹，谁打的老鼠多就算赢。"

接下来，凶手和他潜在的谋杀对象之间，出现了与复仇无关的奇妙一幕：两人并肩站着，亲切友好，轮流朝老鼠泛滥的垃圾堆射击。我要向写惊悚故事的同行们推荐这个场景，放到狄克森·卡尔[2]小说

---

[1] 半克朗，曾是英国法定货币，半克朗=2.5先令。1970年英国进行货币改革后，退出流通领域。

[2] 约翰·狄克森·卡尔（John Dickson Carr, 1906—1977），美国著名侦探小说家，有"密室推理之王"的美誉。

的第一个章节里会非常合适,格拉迪斯·米切尔[1]或者安东尼·伯克莱[2]都十分乐意去描写这种场景。

乔治赢了那半克朗。我俩各打死三只老鼠。但乔治信誓旦旦地说,最后那枪我打偏了,那只老鼠没死。我懒得争辩。朋友之间,半克朗算什么呢,是吧?

今天风小了一点儿,但偶尔会有强劲的阵风。明天杀了乔治倒也不错。星期六下午他通常都会休息,我也没必要再推迟了。我和乔治的关系始于意外,也将止于意外。多么令人愉快的讽刺。

8月21日

对,就是今天。今天下午,乔治要上船了。我的漫长旅程要结束了,他的即将开始。吃早饭时,我问他去不去开船,我的声音听起来很正常。现在,我握铅笔的手在颤抖。天空中,白云在慢慢聚集,树叶在和阳光嬉闹。一切都将自然而然、顺理成章。

---

[1] 格拉迪斯·米切尔(Gladys Mitchell, 1901—1983),英国侦探小说家。
[2] 安东尼·伯克莱(Anthony Berkeley, 1893—1971),英国推理悬疑小说家。

日记到此为止

第二部

河上计划

乔治·拉特利回到餐厅,其他人都坐在桌边喝咖啡。一个留着胡须的圆脸男人用勺子托着一块方糖放入热咖啡中,看着糖在那液体里化开、消融。乔治对那人说道:"听我说,费利克斯,我要处理几件事情。你先去把船准备好,可以吗?过一刻钟,我和你在栈桥上碰头。"

"很好,不着急。"

莱娜·罗森说:"你下定决心了吗,乔治?"

"我一直就是这么打算的,不过出于礼貌没那么说而已。"

"你会照顾他的,是不是啊,费利克斯?"维奥莱特·拉特利说。

"别多虑,维儿。我能照顾自己,我又不是小宝宝。"

费利克斯·莱恩平静地说:"别人还以为,我和乔治这是要坐独木舟横渡大西洋呢!放心,只要乔治乖乖听我指挥,他就死不了。千万别等船开了之后搞'兵变'呀。"

乔治脸色阴沉下来,嘴巴在浓密的胡子下噘了起来。他讨厌别人指挥他。

"没关系的,"他说,"我会当一个听话的好孩子。我还不打算淹死呢,这一点你尽管放心。从没真正喜欢过水,除非用来掺威士忌。

去吧，费利克斯，戴上你的帆船帽。我们过一刻钟碰头。"

他们都站起身，离开了餐厅。十分钟后，费利克斯·莱恩卖力地将小帆船拖到栈桥外面。他以专业人士的精细和认真，将底板一一拿起来，把水舀出去，然后又将底板一一放回。接着他安好船舵、装好三角帆，将升降索拉起来看看是否顺滑，然后他将三角帆丢在船头，转身去准备主帆。他把帆杆固定到主桅上，把升降索的一端系在帆杆的环索上，然后迎风站着，将帆拉起来。帆张满了风，在空中猎猎作响。他漫不经心地笑了笑，又将帆降下来，然后把短桨和桨架装好，放下稳向板，拨弄了一会儿三角帆的帆脚索，接着点了根香烟，坐下来等乔治。

一切都完成得轻松而精准。在费利克斯渴求的那刻到来前，任何错误都是致命的。河水汩汩地从栈桥边流过。他朝上游望去，能看到那座桥和修理厂垃圾堆前方的那片水域，乔治肯定把那该死的证据沉到那儿了。他想起了将近八个月前的那一天，之后很多个日子已经流过，那一天甚至偶尔被淹没在时光的流水之下，如今再次浮现，令他倍感惊恐。他紧闭嘴巴，拿着香烟的手开始颤抖。现在他已经超越了是非，"是"和"非"不过是两个词，空洞无用，如同随着水流从他身旁漂过的易拉罐和冰激凌盒子。他在真实意图外构筑起一道谎言的城墙，现在，计划一触即发，他已经来不及跳开。他会被带到那不可避免的终点，只能像河面漂浮的残骸一般随波逐流，奔向那必然的终点，无论他是否愿意。有一刻，他想到了计划失败的可能。对此，他听天由命——像冲锋陷阵的士兵，除了眼下的时刻，没法看得更远。

更远的地方,一切都是虚幻,被当下激动人心的急切鼓点淹没。鼓点在他心里咚咚地敲,河上的风也不时刮进他的耳中,搅得他耳鼓轰鸣。

栈桥上传来脚步的咔嗒声,打断了费利克斯的思绪。乔治双手搭住屁股,站在上面,像座山一样,正低头看着他。

"天哪!我要坐到这东西里面吗?好吧,你该怎样就怎样吧。"

"不,不是坐那儿。坐到中间的横座板上,面对着风。"

"我不能想坐哪儿就坐哪儿吗?我一直觉得这就是傻子玩的游戏。"

"坐那里更安全,船会比较平衡。"

"更安全?噢,那倒是。好啦好啦,老师,出发吧。"

费利克斯·莱恩拉起三角帆,然后升起主帆。他在船尾坐下,动作敏捷地将左侧的三角帆拉紧,用滑结固定好。接着,他拉动主帆,这时船身感受到了风力,开始滑离栈桥。他们随风自由航行,风从船的右舷掠过,如同掠过平滑的草地。乔治·拉特利双脚紧紧抵着稳向板箱,双手攀着船舷上缘,看着那磨坊从眼前滑过。他以前没有从河的这边看过磨坊。那是个美丽如画的老地方,他想,可他们肯定在亏本经营。船尾的河水泛起泡沫,形成汩汩的漩涡,船首的河水急促地拍打着船身。像这样随风而行令人平静,看着两岸的房子平稳滑过,好像在传送带上一样。乔治的焦虑减轻了不少,他看着费利克斯熟练而忙碌地操作着手里的绳子和舵柄,不时扭头看后面的情况,好像这事儿难得要命,乔治都觉得好笑。

乔治说:"总觉得航行蛮神秘的。不过,我看不出来里面的名堂。"

"哦,只是看起来容易。不过,等我们……"费利克斯旧话重提,"等我们开到那边宽阔的水域,你想不想试试手?"

"我这种新手也行?"乔治高兴地大笑,"你就不怕我把船弄翻?"

"只要你严格按照我说的做,就不会有事。你看,这边是'迎风舵',另一边是'背风舵'。只要你感觉船朝一边倾,你就转'背风舵'。那样你就对着风,明白吧,风能擦着帆过去。不过别太用力,否则你就会无法转向,顶风乏力……"

"顶风乏力?老天爷,就像个上了年纪的娘娘腔!"

"一旦发生这种情况,船就失去了方向,偏离了正风面,这时候如果有横风打来,就只能碰运气了。"

乔治咧嘴笑了。他的牙齿又大又白,那一刻看起来像欧洲大陆的人给英国政治家做的漫画,贪婪、无趣而自鸣得意。

"哦,在我看来好像都是小菜一碟嘛。搞不懂为什么要这么郑重其事。"

费利克斯突然感到一股怒火从胸中升起。看看这个面带讥讽、洋洋得意的大块头,他想一拳砸在那张脸上。一旦达到某种焦躁程度,费利克斯从不直接去找焦躁的原因,而是去冒险,如果他在开车或开船的话,那就几乎是不计后果了,会把其他人吓个半死。这时,他回头望了一眼,看到一阵风正从水面刮来,他拉起主帆帆脚索。小船一下子侧了过来,好像天空中有一只大手推了一下桅杆一样。他奋力转舵。船突然转向,迎着风重新站立起来,甩开了那阵狂风,好像狗甩掉背上的水珠。一大片水花落在背风那面的船舷上。乔治惊恐地咒骂了一声，这是他第一次感受到船只疯狂的倾斜和颠簸。费利克斯看在眼里，心中狂喜，这个大块头看起来啥也不懂，正不安地看着他呢，哪有丝毫勇气可言。

"听我说，莱恩，"乔治开口说道，"我还是……"

费利克斯呢，若无其事地冲他笑了笑，这时候他的焦躁感已经过去了，为刚才成功吓到乔治感到高兴。他说："噢，那没什么，没必要那么兴奋。等我们进入开阔水域开始抢风，得不停地这样做呢。"

"我说，我还是下船步行吧。"乔治发出了短促、不安的笑声。他心里想：这个小王八蛋，这是要吓唬我呢，我可不能表现出生气的样子，何况我也不是容易生气的人啊，谁说我是？"没必要那么兴奋"？呵呵。

又航行了几分钟，他们来到了船闸处。船闸看守人的房子位于河的右岸，房前的花园里各种鲜花争奇斗艳：大丽菊、玫瑰、蜀葵、红亚麻，整整齐齐、密密匝匝，在风中摇曳着，如同一支穿着各色军装的军队。看守人踱步出来，嘴里叼着陶制短烟斗。他身体向后仰着，双手伸向开闸门的那根大木梁。

"上午好啊，拉特利先生。不常见你上这儿啊。今天玩帆船可不错。"

他们将船驶进闸池。闸门打开，河水汹涌而出，船位越来越低，最后桅杆底部离池内水面只有一英尺，他们便关进了那长满绿色苔藓的闸壁。费利克斯·莱恩努力控制自己的急切心情。就在那儿，木门外面半英里的地方，那就是最后的冲刺。他想尽快到达那儿，结束比赛，证明他的计算都是准确的。从理论上看，计划无可挑剔，但真到那时候呢？举个例子，万一乔治实际上会游泳呢？河水奔涌过水闸，像一群野牛冲出栅门。然而在费利克斯看来，那就像缓慢的涓涓细流，像沙漏中缓缓流动的沙。现在，闸里的水应该和外面的河面持平了，可该死的乔治还在对着闸门看守人唠唠叨叨，延长费利克斯的痛苦，看起来简直就像他要推迟自己的痛苦一样。

　　费利克斯心想，天哪，这还需要多久？按这样的效率，我们一整天都走不了，没到那儿说不定风就停了。他偷偷望了一眼天空。云层仍然在头顶聚集，在天边聚集，然后朝天空的另一边奔涌而去。他不经意间仔细打量起乔治来：手背上的黑色毛发，前臂上的痣，把烟放到嘴边时略微倾斜的右臂。在他眼里，此刻的乔治已然是一具行尸，对他没有任何情感意义，按计划行事即可。此刻，费利克斯的心里容不下任何其他情感，唯有兴奋。仿佛疯狂打转的漩涡，漩涡中央是不为所动、不可名状的平静。

　　水的咆哮声渐渐弱下去，变成了涡流的哗哗声。闸门缓缓打开，眼前水天一色，视野慢慢开阔起来。

　　"前面河湾那儿，你们会遇到大风！"船滑出水闸时，看守人喊道。

　　乔治·拉特利回头喊道："我们来时就遇到了大风，莱恩先生想尽办法要把我扔出去！"

　　"你得相信莱恩先生，他开船技术好得很，你和他在一起很安全。"

　　"好吧，这话我爱听。"说着，乔治不经意地扫了一眼费利克斯。

　　船懒洋洋地向前滑行，温驯如同羊羔。很难想象，一旦正面迎上大风，它就会变成一匹凶悍、顽劣的野马。这儿，右边的河岸很高，庇护着船的右舷。乔治又点了一根香烟，第一根火柴没点着的时候，他像孩子一样生气地咒骂了一句。

他说的是:"这玩意儿开挺慢啊,是不是?"

费利克斯懒得搭理。这么说,乔治也觉得船走得慢,是吧?兴奋感再次从他心中升起又落下,如同风中狂野的旗帜。风吹动河畔柳树,柳枝如同长发般摇曳。船上的风却只够轻抚他的额头。费利克斯想起了特莎、马迪。将来悬而未决,他却并不担心。淡金色的柳叶闪烁,他不由得想起莱娜,但她似乎离这艘船很遥远。船正载着这两个男人驶向危机,而她在这场危机中所扮演的角色已经落幕。

他们离河湾越来越近。乔治不时看一眼他的同伴,好像要说话,但费利克斯那全神贯注的模样,连乔治的愚钝都能穿透,让他不敢轻易开口。开船的时候,费利克斯有一种奇怪而罕见的权威感。乔治意识到了这一点,心中隐约有些气恼,不过他矛盾的情感很快就消失了,因为他们刚转过河湾进入那片水域,便立即感受到了西南风的压力。面前的河水汹涌深沉,河面上一直有风吹起的波纹,不时刮来一股强劲阵风,在水面上抓出更深的沟壑。风从这片水域上直扑过来,与水流对抗,掀起阵阵水浪,敲击、拍打着圆形的船头。

费利克斯直挺挺地坐在船的一边,双脚使劲撑着对面边凳的边缘,以最小迎风角右舷抢风行驶。这艘船有偏离风向的毛病,在他身下跳跃着、颠簸着,像一匹野马。他奋力操纵着帆索和舵柄,保证船首不偏离风向。他不时回头观望,测算着从水面上扑过来的每一阵风的力量和方向。在某个间隙,他颇为自嘲地想,要是他所等待的那一刻还没到来,一阵飓风就把他们的船掀翻了,那该多么遗憾啊。这么多日子以来，他一直不屈不挠地追踪着这个男人，而现在，他却要集中所有力量，暂且先保全对方的生命。

费利克斯开始换舵。船头奋力转到迎风方向时，他松开右舷的帆脚索。风扑入帆中，疯狂地将帆甩来甩去，像狗叼着一块不肯驯服的破布。船上到处都晃动起来，噼啪声响个不停，船尾摆了过来，水花四起、水波涌动，拍打着六英尺外的河岸。船慢慢开始左舷抢风行进时，一阵风将它吹得倒向一边，但费利克斯早已控制好舵柄，让船迎风而立，船身立即稳住，主帆略微抖动了一下，船便继续前进了。乔治的身体一直拼命朝着迎风的方向倾斜着，他感到恐慌，害怕船只倾覆。他看到河水从身边汹涌而过，几乎与背风一面的船舷齐平。他紧咬牙关，决定藏起内心的恐惧：眼前这个留着胡须的小个子男人，吹着口哨，与风浪搏斗着，掌控着船只的命运。即便如此，乔治认为自己还是能轻易拧断他的脖子，像折断小树枝一样简单。

实际上，费利克斯一直在全神贯注地控制着这艘不听话的船，根本没去想乔治。他隐约感到了掌控这个自大而粗鄙的家伙所带来的愉悦，他在享受乔治无处可藏的恐惧，但这不过是与风浪搏斗的熟悉感觉中的意外收获。他大脑的另外一部分正在留心河岸远处那幢黑白色小客栈，客栈前的滑道旁，有一艘龙骨折断的废弃驳船，一些渔夫神情恍惚地凝视着浮标，小帆船在两岸之间做着"之"字的穿梭，但他们视而不见。费利克斯想，如果我愿意，现在就可以淹死乔治，那些渔夫根本不会注意。

这时候，他们听到了一阵喧闹的噪音。费利克斯回过头，看到两艘机动驳船正从河湾处慢慢探出头来。两艘船并排行驶,后面都拖着几只拖船。他认真地目测着距离。它们离他大约几百码,帆船再过三次转舵,它们大概就能赶上来。驳船经过时,他可以在河岸和最近的驳船之间做短距离的转舵,风险是拖船的船体可能会抢了他的上风,那样的话,就只能听天由命等下一阵风的情况了。另外,拖船的尾流也可能让帆船偏离航向,连接拖船的粗缆绷得紧紧的,也是个风险。另一个选择是,转舵迎着风从拖船的前面穿过,等拖船过去了再回来。他正计算着,乔治打断了他,只听乔治清了清嗓子,说道:"现在我们怎么办?他们已经太近了,不是吗?"

"哦,空间足够。"费利克斯顽皮地补充道,"你知道吗,动力船必须给帆船让路。"

"让路?呸!没看到他们让路啊。去他妈的,他们以为这该死的河是他们家的吗?还并排开过来,真不要脸。我要记下他们的编号,向船主投诉。"

乔治的情绪显然一触即发,看来他快要崩溃了。那两列驳船正朝他们驶来,船首两侧白浪翻飞,气势逼人。但是,费利克斯镇定地又转了一次舵,开始在驳船前方仅仅七十码的地方横穿河面。

乔治抹着脸,悄悄朝费利克斯靠近了一点儿,瞪大眼睛看着他,眼眶里几乎全是眼白。突然,他大声叫喊起来:"你想要干什么?小心点,你没听见吗?你不能……"一艘驳船的汽笛轰鸣起来,淹没了他后面的话,汽笛声似乎应和了乔治歇斯底里的情绪。看着乔治扭曲的表情,费利克斯一个闪念:此刻是上演事故的良机。纵然他鄙视乔治的惊慌失措，但乔治的慌乱令他情不自禁地想提前开始行动。最终，费利克斯抵住了诱惑，没有改变原来的计划。他知道，那个计划才是最完美的——滴水不漏、万无一失。那就照着既定方案去做吧，不要临时发挥，做无谓的冒险。不过，再吓唬乔治一下，倒也没什么坏处。

现在，驳船离他们只有二十码远，把他们的船挤到了岸边。费利克斯的操作空间很小。他转了舵，帆船与最近的驳船都快撞到一起了。他隐约感觉到乔治抓住了他的腿，对着他的耳朵喊道："你这该死的蠢货，你要是撞上那艘驳船，我就抓住你不松手。"费利克斯把舵推上去，松开主帆脚索，船转了个圈，帆杆一下子甩到左舷，驳船船首绘着巨大的人身牛头怪，从帆船边上扫过，相距不过十英尺。他们顺风向下，从驳船边经过，这时乔治已经无法控制住怒火，他摇摇晃晃地站起身来，冲着驳船甲板室里那个面无表情的人挥舞着拳头，大声咒骂。坐在船尾的一个年轻人瞪大眼睛，漠然地看着他手舞足蹈。接着，驳船的尾流涌过来，乔治失去平衡，摔倒在舱板上。

"不要再站起来，"费利克斯·莱恩平静地说，"下次摔跤，未必就能倒在船上。"

"妈的！他们都不长眼睛吗？我要……"

"哦，你冷静一下，我们没什么大不了的危险。"费利克斯淡淡地说道，"那天我和菲尔出来，也发生过同样的事。你儿子可没慌。"

后面的驳船从他们旁边驶过，船身长而低，甲板罩布上写着"易燃物"。看来费利克斯也要把他的同伴"点燃"。他一边从左侧抢风，再次将船头掉转到迎风面，让船身颠簸着穿过驳船的尾流，一边冷酷而清晰地说道:"我从没见过哪个大人像你一样惊慌。"

也许很久没人这样对乔治说话了。他挺直身子,难以置信地瞪着费利克斯,不敢相信自己的耳朵,随后,他流露出暴怒的神色。然而,过了一会儿,他似乎有了新想法,他转过身去,耸耸肩膀,偷偷地、狡猾地笑了笑。两人中,现在似乎是费利克斯越来越焦急,他徒然拨弄着船上的设备,不时疑惑地望望他的同伴;乔治则随着帆船每一次转舵,晃动着他巨大的身躯,一边吹口哨,一边与费利克斯讲几句闲话。

他说:"我能体会到航行的乐趣了。"

"好,你要不要来掌掌舵?"费利克斯的声音又干又紧,几乎喘不上气。这个问题的答案决定了一切,可乔治似乎没察觉到任何异样。

"好啊,随你。"乔治随口答道。

费利克斯脸上闪过一丝阴霾,旋即消失。这表情也许可以理解为疑惑、焦虑或阴沉的讽刺。他说话的时候,声音低得如同窃窃私语,但难掩其中挑衅的意味。

"没问题,我们再往上开一点,然后我们掉个头,你来掌舵。"

费利克斯心想:这是在拖延时间,意志不坚定,推迟最关键的时刻,这必须是你最后的机会。箭在弦上,不得不发,早点行动倒更好[①]。不过情况不一样,看那边那个渔夫,我不知道他用什么当诱饵,反正我的诱饵已经准备好了,现在就要让乔治·拉特利上钩,接受惩罚。

两人的位置颠倒过来。费利克斯心情焦躁,不再动来动去,整个

[①] 语出莎士比亚戏剧《麦克白》第1幕第7场。

身体绷得紧紧的；乔治却如往常一样谈笑自若，态度傲慢、自信、粗鄙。至少在托马斯·哈代笔下那种无处不在、无所不知的观察者眼里，他的态度是这样的，如果这次奇怪的航程中也有那种第三方观察者的话。费利克斯注意到，他计划采取行动的地方（右岸有一片榆树林）现在已经在船的后面了。他一面下意识地留意着左侧船头的风，一面咬紧牙关转舵，船在河面划出一道弧线，掉过头来。水面激起的漩涡好像在冲他露出嘲讽的笑容。他无法直视乔治的眼睛，突然急促地说道："该你掌舵了。抓住舵柄，主帆脚索一直放着，像现在这样。我到前面去，把稳向板收起来，这样船更好走，水的阻力小。"

说话时，费利克斯有一种奇异的感觉，风似乎停住了，一切都寂静下来，以便更好地听清他的关键词，等待这些话造成的后果。大自然屏住呼吸，在这寂静之中，他自己的声音仿佛是从沙漠中的瞭望塔顶发出的嘹亮号角。接着，他察觉到，这令人震惊的寂静与风无关，而是乔治本人发出的一团冷雾。稳向板，费利克斯心里想，我要起身去把稳向板收起来。但他没有起身，仍旧坐在船尾，好像被乔治的目光钉住了一样。他感到乔治直直地盯着自己，他逼自己抬起头来，与乔治四目相对。乔治整个身体仿佛膨胀起来，大得可怕，像噩梦中的怪物。当然，实际情况不过是乔治悄悄移到了船尾，坐在他身边而已。乔治眼中有狡黠而得意的神色，他舔了舔肥厚的嘴唇，和蔼地说："很好，小家伙。来，让一让，换我来掌舵。"他声音低下来，接近耳语，"可是，不要搞你的那些小动作哦。"

"小动作？"费利克斯声音干涩，"什么意思？"

乔治勃然大怒，声音高了八度："什么意思？你他妈的心里清楚得很，你这个不怀好意的卑鄙小人！"咆哮过后，他安静下来，又说道："今天，我把你的宝贝日记寄给了我的律师。刚才午饭后我让你先来备船，我去办点事，办的就是这件事。如果我死了，他们就会打开日记，采取必要的行动。所以呢，这一趟你要是让我淹死了，结果只会让你更加不幸，是不是啊？你说是吧？"

费利克斯·莱恩仍旧没有转过脸，他使劲咽了口唾沫，想开口说话，但什么声音也没发出来。他紧紧抓住舵柄，手指关节因用力而发白。

"撒谎骗人的小舌头僵住啦，啊？"乔治继续说道，"还有你的爪子呢。对啦，我想我们把'猫咪'的爪子引出来啦。你以为就你他妈的高人一等，比我们大家都聪明得多，是不是？你这是聪明过了头。"

"你非要搞得跟演戏一样不可吗？"费利克斯喃喃说道。

"小东西，你要是敢动粗，我就一拳打碎你的下巴。反正我现在挺想揍你一顿的。"乔治恶狠狠地说。

"那么你要自己把船开回去？"

乔治咄咄逼人地瞪着费利克斯，然后，他咧嘴笑了："是啊，你说的没错。我要自己把船开回去，还要打碎你的下巴。等我们回到岸上，随时都行，是吧？"

他把费利克斯推到一旁，抓住了船舵。帆船突然加速，顺风而下，两边的河岸飞一般后退。费利克斯手里仍然抓着主帆脚索，眼睛不自觉地盯着帆缘是否突然升高，因为那将意味着转帆的开始，但他整个人似乎呆住了，一副无动于衷的样子。

"好啦，你现在难道不应该动手了吗？我们都快到闸门啦。难道你已经决定不淹死我啦？"

费利克斯一侧肩膀耸了耸，这个小小的动作表示退让与认输。

乔治讥讽道："不动手啦？我就知道，没胆子了吧，啊？想保住你这条该死的小命。我就知道你没这个胆子继续动手，没这个胆子承担后果。我猜对了吧。我这心理学掌握得不错吧，是不是啊？好吧，你不说，我可要说啦。"

于是乔治继续解释：有一天，费利克斯在午饭时提到在写"侦探小说"，让他感到好奇，于是一天下午他趁费利克斯不在，进了客房，找到了藏小说的地方并开始阅读。他说，在此之前他对费利克斯就有些怀疑，现在日记证明他的怀疑是有道理的。

"现在呢，"乔治总结道，"我们抓住了你的小辫子。从现在开始，小猫咪，你得老实点儿。每走一步都要特别小心，特别小心。"

费利克斯阴郁地说："你也不能把我怎么样。"

"哦，不能怎么样？法律我不太懂，但有那本日记，指控你蓄意谋杀不难吧。"

每次乔治要说"日记"，他都先停一下，然后使劲儿吐出来，好像这两个字卡住了他的喉咙一样。日记里对他性格的分析，他显然很不喜欢。费利克斯沉着脸一言不发，这似乎让乔治非常愤怒。他又开始骂他的同伴，但这次不是大喊大叫，而是一副唠唠叨叨、难以接受的模样，好像在抱怨邻居的收音机晚上吵得他没法睡觉一样。

乔治越说越来劲，新一轮义正词严的指责即将开始，费利克斯适时打断道："这件事你打算怎么办？"

"我倒很想把你的日记交给警察。我应该这么做。当然，那样做，莱娜会非常难过，还有……嗯，每个人都会难过。我也许可以把日记卖回给你，有这个可能。你很有钱，是吧？愿意报个价吗？要大方一点哦。"

"别傻了。"费利克斯突然说道。

乔治脑袋一激灵，瞪大眼睛，难以置信地看着这个瘦小的男人："怎么、怎么回事？你他妈的究竟是什么意思啊？"

"我说别傻了，你心里很清楚，你不会把日记交给警察的。"

乔治小心翼翼地看了他一眼，似乎在盘算。费利克斯瘫坐在船尾，胳膊僵硬地放在坐板上，眼睛认真地盯着上面的主帆。乔治顺着他的目光往上看，那一刻，他觉得那鼓起的帆里会突然冒出什么东西朝他扑来。

费利克斯继续说道："原因就是，你不想警察以谋杀罪把你关进大牢。"

乔治眨了眨眼睛，一张大脸涨得通红。荒诞的是，打败危险对手带来的激动、脱离危险境地带来的宽慰、指望卖日记发财的期望，竟让他忘了日记的内容——费利克斯知道他的内情。乔治的手指抽搐起来，那双手迫不及待想要掐住同伴的脖子、插入他的眼睛、弄死这个骗人的小杂种。看来费利克斯已经从困境中脱身，并且提前预判了他的行动。

"那件事你没有证据。"乔治咬牙说道。

费利克斯声音漠然："是你撞死了马迪，你杀了我儿子。我根本不打算从你手里把日记买回来，敲诈勒索的人不应得到满足。你要是愿意，就交给警察好了。谋杀犯一般都会判很久，知道吧。这你没法解释过去。就算你可以，莱娜很快也会说出来。这已经是个僵局了，我的朋友。"

乔治太阳穴上青筋暴起，拳头紧握，慢慢举起来。

费利克斯立即说道："我不建议现在搞什么名堂哦，否则一会儿真要发生事故啦！控制一下自己，对你没坏处。"

乔治·拉特利突然破口大骂，将河边一位渔夫从恍惚中惊醒。渔夫心想：那家伙肯定是被大黄蜂蜇了，今年大黄蜂真多。他们说，有一天郡板球队一名外场人员还被蜇了一下呢。那小个子男人好像不怎么担心同伴。真不知道他这样乐趣何在，开艘小船在河上跑来跑去。给我一艘小摩托艇，甲板室里放一箱啤酒，那才叫乐趣。

"你从我家里滚出去！"乔治喊道，"从今以后，再让我见到你，你这个畜生，我就把你打成肉酱，我要……"

"我的行李，"费利克斯忍气吞声地说，"我得回去收拾东西。"

"不许你再进我家门，听到没有？让莱娜给你收拾东西。"乔治脸上闪过一丝狡黠的神色，"你接近莱娜，其实是为了报复我。她要是知道了，不晓得会说什么呢。"

"别把她扯进来。"费利克斯苦笑了一下。乔治的戏剧性表现影响了他，让他感到生气。谢天谢地，他们马上就要到达水闸了，他可以让乔治在那里上岸。到达河湾的时候，他推下舵柄，拉紧主帆。帆杆一下子甩到右舷。船突然转弯,船头向下扎进水里。然后他又猛地将舵拉起来,船又转回到正常航线上。完成这番操作的费利克斯是真实的,其他的都是梦。他的目光越过左舷,能看到水闸看守人花园里密密匝匝、耀眼亮丽的鲜花。他觉得落寞而孤独。莱娜。他不敢去想未来,他已经失去了未来。

"不行,"乔治说,"我一定要让莱娜知道,你是一头狡猾奸诈的猪。到时候你俩就没戏了。"

"别太早告诉她,"费利克斯无力反驳,"否则她就不愿意给我收拾东西,得你来收拾,那就很惊悚了,是不是?死里逃生的受害人给杀人未遂的罪犯收拾行李。"

"你怎么还能坐在那儿开玩笑?我真是服了,难道你不知道……"

"好啦,好啦。我们两个人都有点聪明过了头。就这样吧,你杀了马迪,我想杀你但没成功。这样看,这局你赢了。"

"天哪,你赶紧闭嘴吧,你这个冷血的变态!我再也不想看到你这张脸了,让我快点离开这艘该死的船。"

"好,前面就是水闸,你就在这儿下船吧。挪一挪,我要放下主帆。你可以把我的东西送到安格勒宾馆去。哦,对了,要我在你的访客簿里写点什么吗?"

乔治心中腾地升起一团火,正打算破口怒骂,却听费利克斯指着走上前来的水闸看守人说道:"乔治,别在外人面前丢人。"

"玩得开心吧,先生们?"看守人问,"噢,你要下船吗,拉特利先生?"

乔治·拉特利早下了船，从那人身旁走过，一言不发，快步穿过那个色彩缤纷、整洁漂亮的花园。他巨大的身躯像坦克一样往那些鲜花身上碾去。他怒气冲冲地径直从花圃上穿过，将红亚麻花踩得稀烂。

看守人目瞪口呆地盯住乔治的背影，陶制烟斗都从他嘴里掉了出来，在码头的石头地面上摔碎了。"喂，喂！先生！"看守人终于喊了出来，声音困惑而委屈，"小心我的花啊，先生！"但乔治不予理睬。

费利克斯看着他在那片神采奕奕、表情惊讶的鲜花中留下了一大片踩踏的痕迹，宽阔的背影朝城镇方向渐行渐远。这是他最后一次见到乔治·拉特利。

第三部

必死之身

1

奈杰尔·斯特雷奇威坐在扶手椅里。两年前,他和乔治娅结了婚,之后就搬进了这栋公寓。窗外是一个十七世纪的伦敦广场,完好地保存着古典的威仪。这样的广场不多了,大多数已经让位于无谓的奢侈品商店,还有给百万富翁的情妇们居住的光鲜亮丽的公寓楼。奈杰尔的膝头放着一个巨大的红色垫子,垫子上有一本打开的书。他身旁立着一个极其复杂、十分昂贵的阅读架,那是乔治娅去年送他的生日礼物。乔治娅不在家,去公园了,所以他可以趁机重拾把书放在垫子上阅读的老习惯。

但是,奈杰尔很快把垫子和书都推到地板上。他太累了,看不进去。他刚了结将军蝴蝶标本案,那是个怪案,结案颇为尴尬,但还算成功。现在,奈杰尔感到疲惫而低落。他打了个哈欠,站起身,在房间里来回溜达。壁炉台上有一尊木头雕像,是乔治娅从非洲买的,他冲那雕像做了个鬼脸,从桌子上拿过铅笔和几张草稿纸,又一屁股坐回扶手椅。

二十分钟后，乔治娅走进房间，发现他正聚精会神地写着什么。

"你在写什么？"她问。

"一份常用知识表。Favete Linguis①。"

"意思是让我坐那儿，等你写完？还是想要我过来，趴在你肩膀上看着？"

"前者更好。我在与我的潜意识进行深入交谈，十分舒畅。"

"你介意我抽烟吗？"

"抽吧，怎么舒服怎么来。"

五分钟后，奈杰尔递来一页稿纸，问："这些问题，不知你能答几道？"

乔治娅接过稿纸，把上面的内容读了出来。

一、不给萝卜涂上黄油，需要多少漂亮的词语？

二、"干燥的、狮子的奶娘"指的是什么人，或者什么东西？

三、"九伟人"是怎么回事？

四、你知道邦格尔斯坦吗？你知道庇翁和波利斯提尼人吗？

五、你曾经给媒体写过信，探讨香蒲爆开的事吗？为什么？

六、西尔维娅是谁？

七、关键时候几针，能抵十针？

八、Εινοτεïν 这个词的过去完成时的第三人称复数是什么？

---

① 拉丁语，意为"管住你的舌头""不要说话"。

九、尤利西斯·凯撒的中间名是什么？

十、点了一个鱼丸，就不能要什么？

十一、最早在气球里用雷管铳决斗的两个男人叫什么名字？

十二、下面这些人没有在气球里用雷管铳决斗，请说明原因：利德尔和斯科特、索多和曼恩、小加图和老加图、你和我。

十三、农业部长和渔业部长有什么区别？

十四、九尾猫有几条命？

十五、老兵团的小伙子们上哪儿去啦？画个草图加以说明。

十六、怎能忘记旧日朋友？

十七、"诗歌是我这样的傻瓜创造的。"如果可以，请驳斥这一观点。

十八、你相信有仙女吗？

十九、下面的话是哪些著名运动员说的？

    1."我要再次把那个花花公子剁成碎片。"

    2."Qualis artifex pereo。"①

    3."到花园里来，莫德。"

    4."我一辈子从未受过这样的侮辱。"

    5."我嘴巴封上了。"

二十、"鼠人精"和"穿靴子的猫"有什么区别？

二十一、你更喜欢"宇宙疗法"还是"政教分离"？

---

① 拉丁文，古罗马暴君尼禄（37—68）的临终遗言，意为"一个何等了不起的艺术家要随我而逝了"。

二十二、《底》被翻译成了多少种语言？

乔治娅抬起头来，冲着奈杰尔皱了皱眉，闷闷不乐地说："书读得太多，真是件可怕的事。"

"是的。"

"你的确需要度个假，是不是？"

"是的。"

"我们不妨去西藏，待几个月。"

"我宁愿去霍夫镇。我不喜欢牦牛奶，不喜欢外国，也不喜欢喇嘛。"

"我不明白，你从没见过喇嘛，怎么能说不喜欢？"

"如果见到，恐怕就更不喜欢了。它们身上有细菌，娘娘腔还会穿用它们的皮毛做成的衣服。"

"哦，你是说羊驼吧？我是说喇嘛。①"

"我在说羊驼。"

电话响了，乔治娅走过去接电话。奈杰尔看着她轻盈灵巧的动作，像猫一样，心里觉得高兴。只要和乔治娅待在同一个房间，你就会感到活力充沛。她那张阴郁忧伤、小猴一般的脸蛋，与她优雅身体散发出的野性形成鲜明对比。她衣服爱穿红的、黄的、绿的，艳丽张扬、惹人注目。

"我是乔治娅·斯特雷奇威……哦，是你呀，迈克尔。你好吗？

---

① 英文中"大羊驼"（llama）和"喇嘛"（lama）发音相同。

牛津怎么样？是啊，他在呢……有事？不行啊，迈克尔，他不能……不，他太累了，刚办完一个很难的案子……不行，真的，他脑子都有点不正常了，刚刚还问了我一堆奇怪的问题，还有……对，我知道现在这么说很不合适，可我们正要出门度假，所以啊……生死攸关的大事？亲爱的迈克尔，你都学会了什么奇怪的说法啊。噢，好吧，让他自己跟你说。"

乔治娅递过听筒，奈杰尔在电话里讲了很久。挂了电话，他抱住乔治娅，在空中转起了圈圈。

等他把她放到椅子上，她说："这么兴高采烈？我想，是某人杀了某人，你要去一探究竟吧。"

"对，"奈杰尔兴奋地说，"一个非常奇怪的局。迈克尔的朋友，这家伙叫弗兰克·凯恩斯——他有个笔名叫费利克斯·莱恩，专门用来写侦探小说。他计划杀掉另一个人，但失败了。可现在，那个人真被杀了，用士的宁毒死的。这个叫凯恩斯的人要我过去，证明人不是他杀的。"

"我一个字都不信，听着像骗局。好吧，你要是坚持，我就陪你去霍夫镇。你现在不适合接案子。"

"必须接。迈克尔说，凯恩斯是个好人，现在他处境困窘。还有，到格洛斯特郡换换口味也好。"

"他计划杀人，不可能是好人。随他去吧，别管了。"

"他这么做可以理解。有人开车撞倒了凯恩斯的孩子，孩子死了。警方没有头绪，所以凯恩斯就自己去调查，后来……"

"太假了，这种事不会发生，这个叫凯恩斯的肯定是疯了。既然这人已经被别人杀死了,那他还找你干什么呢?"

"迈克尔说,他写过一部日记,等我上火车再跟你说。塞温布里奇。火车时刻表在哪儿呢?"

乔治娅一边咬着下嘴唇,一边不悦地盯了他很久。然后,她转身走到一张桌子前,拉开一个抽屉,开始翻阅火车时刻表。

2

一个身体瘦小、留着胡须的男人在安格勒宾馆的大堂里迎接他们。

奈杰尔对他第一印象是,这人身处险境却不为所动,十分罕见。男人跟两人握了握手,看了他们一眼,目光转到一边,露出了无奈的微笑,两道眉毛略微抬了抬,表示一种歉意,好像他在以这种隐晦的方式请求原谅,不该为这点小事让他们大老远跑过来。他们聊了几句。

费利克斯开口说道:"两位前来,我非常感谢。这情况的确……"

奈杰尔打断道:"这样,我们晚饭后再好好倾谈。舟车劳顿,我妻子很疲劳,我先带她上楼去休息。"

乔治娅的身体灵敏坚韧,之前经受过多次穿越沙漠和丛林之旅的考验。实际上,她是当时最著名的三位女性探险家之一。不过,听到奈杰尔这句弥天大谎,她眼睛眨都没眨。

等他俩单独待在卧室,她才转过脸,笑着说:"所以是我有些'疲劳',而不是说这话的先生自己身心疲惫,是吧?真不错。说吧,为什么这么关心我这'柔弱女子'?"

乔治娅头裹一条鲜艳的丝巾,衬得脸色明艳活泼。奈杰尔双手捧住她的脸,用手指轻轻揉摸着她的耳朵,吻她。

"我们不能让凯恩斯觉得你很强。宝贝儿,你要展现出女性特质,温柔、甜美、顺从,这样他就会对你讲真心话。"

"了不起的侦探,这就开始办案啦?"她嘲笑道,"你真是个讨厌的投机者。可我不明白,为什么要把我拖进来?"

"你觉得他怎么样?"奈杰尔问。

"我看哪,是个城府深的。很有教养,容易焦虑。一个人生活太久。跟你说话时,他眼睛似乎越过你看向远方,好像他更习惯于自言自语。这人有精致的生活品位和单身汉脾气,自认为能自给自足,不需要和社会打什么交道,但他对大众舆论和细微声音都非常敏感。当然,这时候他急得跟个猴儿似的,所以很难判断。"

"急?你觉得他急吗?我看他镇定得很。"

"噢,亲爱的,不是。他这是抓着自己的脖领子控制着自己。谈话一停,没东西分散他的注意力,这时候你注意他的眼神了吗?里头全是恐慌。我记得那晚我们在月亮山上,走得离营地太远,在一片树林里迷路了一个小时,也见过一个这种表情的人。"

"罗伯特·杨[①]要是留胡子,和那个凯恩斯倒挺像。我希望这人不是他杀的,他看起来很讨人喜欢。你确定晚饭前不需要躺下来休息

---

① 罗伯特·杨(Robert Young, 1907—1998),美国演员。

一下吗？"

"不需要，去你的。我告诉你，我可不打算插手你这个案子。我知道你的方法，我不喜欢。"

"我敢打赌，三赔五，两天不到你就一头扎进去了。你大脑那么灵活……"

"赌就赌。"

晚饭后，奈杰尔照约定来到了费利克斯的房间。费利克斯一边倒咖啡、递香烟，一边打量着客人。眼前是个又高又瘦的年轻人，大约三十出头，衣服和淡金色的头发都有些凌乱，像是在火车站候车室座位上打了个盹儿刚醒过来。他脸色发白，有些肉嘟嘟的。那张脸稚气未脱，与他浅蓝色眼中蕴藏的智慧形成鲜明对比。那双眼睛专注地凝视着他，让人感到不安，似乎他准备对阳光下的一切话题进行评判。奈杰尔·斯特雷奇威的神态（礼貌、关切，急于保护他人）又一下子让费利克斯感到难以名状的不快。他想，科学家对实验对象的态度，大概也是这样：感兴趣、关心，但兴趣之下是缺乏人性的客观。奈杰尔这种人很少见，就算要证明自己有错，他也不会有丝毫顾虑。

费利克斯惊讶地发现，他好像已经对来客非常了解。他意识到，当前面临的危险境地，已经让他的感官更加敏锐。他侧过脸微微一笑，说道："谁能救我脱离这必死的身体呢？[①]"

"圣保罗，如果我记得没错的话。你最好跟我说一说详细情况。"

---

① 语出《圣经·罗马书》第7章第24节。

于是，费利克斯跟奈杰尔说了基本情况，与他在日记中写得一样：马迪遇害，他一心想要复仇，在计划和巧合的双重作用下，他接触了乔治·拉特利，打算在航行时淹死乔治，但最后一刻剧情反转，计划失败。

奈杰尔一直安静地坐着，目光盯着自己的脚趾。听到这里，他打断了费利克斯："他为什么那么迟才跟你摊牌呢？"

"我不确定，"费利克斯想了一会儿，说道，"我敢说，一个原因是他喜欢玩猫鼠游戏，他显然算得上是虐待狂。另一个原因也许是，他想看看我是不是真的要执行计划。我认为他不可能想要摊牌，因为他应该知道，他要是摊牌，就面临着谋杀马迪的指控。不过，我也不确定。他在船上敲诈过我，说要把日记卖给我。我告诉他，他永远不敢把日记交给警方，他好像真的吓了一跳。"

"嗯，后来呢？"

"后来我就直接回来了，回到安格勒宾馆。乔治该派人把我的行李送来。他不许我再去他家，这倒也无可厚非。对啰，这些都是昨天发生的事。大约十点半，莱娜打来电话，说乔治死了。我一下子觉得天旋地转，你可以想象。莱娜描述了症状，说他吃了晚饭突然身体不适，在我看来，就是士的宁中毒。我马上去了拉特利家，医生还在现场，确认是士的宁中毒。我日记还在他律师手里，他死后他们就可以阅读。警方知道我计划谋杀乔治，现在乔治果然被杀死了，案情看上去一清二楚。"费利克斯语气平和，近乎漠然，但他身体僵硬，眼里充满焦虑。

"我差点去跳河。"他说,"太绝望了。后来,我想起迈克尔·埃文斯跟我说过,你曾帮他解决过类似问题,所以我给他打了电话,让他帮我联系你。这就是你们为什么来到这儿的原因。"

"日记的事,你还没告诉警方?"

"没,我要等……"

"要马上告诉警方,最好让我去说。"

"如果你愿意,那就拜托了。我宁愿……"

"我俩之间必须达成共识。"奈杰尔凝视着费利克斯的眼睛,一副理性推敲的模样,"根据你告诉我的情况,我认为,你杀害乔治·拉特利的可能性非常小,我会尽我所能,证明你不是凶手。当然,如果你真是凶手,我的调查结果也指向了你,我也不会隐瞒事实。"

"听起来很合理。"费利克斯勉强笑了笑,"我写过那么多私家侦探的故事,能看看现实中的侦探究竟怎么办案,倒也很有趣。天哪,这太可怕了,"他的语调变了,"过去六个月,我肯定是疯了。小马迪。我一直在想,我会不会真的把乔治扔到河里看着他淹死,如果他没有……"

"没关系,实际上你没有那样做。这才是关键。覆水难收,没发生的事,多想无益。"奈杰尔语气冷酷尖锐,却不失善意,这比同情更能有效地让费利克斯振作起来。

"你说得对,"费利克斯说,"就算真杀了乔治,我也没必要不安。他就是个不折不扣的畜生。"

"对了,"奈杰尔问,"你怎么知道他不是自杀呢?"

费利克斯吃了一惊:"自杀?我从没想过……我是说,一直以来,我想到乔治都觉得是,呃,是谋杀,从没考虑过他会自杀。不,不可能是自杀。他那么迟钝、自大……再说,他为什么要自杀?"

"那么,你觉得谁有可能谋杀他?周围有没有嫌疑人?"

"我亲爱的斯特雷奇威,"费利克斯不安地说,"你不能让我这个主要嫌疑人血口喷人啊。"

"昆斯伯里规则① 在这里不管用。现在不是讲骑士精神的时候,风险太大。"

"如果是这样,那我得说,和乔治有关系的人都可能谋杀他。他霸凌他的老婆和儿子菲尔,简直没法说。他还寻花问柳。只有一个人例外,那就是他母亲,她是个严厉的老巫婆。你要我把这些人的情况都跟你说一说吗?"

"不,时机未到,我得自己先去了解一下。好了,我想今晚没别的事可做了,去跟我妻子谈谈吧。"

费利克斯想起了什么,说:"对了,还有一件事。菲尔这孩子,他很好,才十二岁。如果可以,我们一定要把他救出来。他本身就非常焦虑,这件事可能会压垮他。我不想自己去问维奥莱特,毕竟她很快就会发现我做了什么。不知道你妻子能不能……"

奈杰尔应道:"可以安排一下,明天我去和拉特利太太谈一谈。"

---

① 即昆斯伯里侯爵拳击规则,这里指公平竞争、按规矩办事。

3

第二天上午,奈杰尔来到拉特利家,发现一名警察靠在大门口,面无表情地看着街对面。对面是个停车场,几乎没停什么车,一个慌乱的司机正努力把车开出来。

"上午好。"奈杰尔说,"这是……"

"可怜啊,真可怜,是不是,先生?"警察突然说道。

奈杰尔愣了几秒钟,意识到警察说的不是这个家庭刚发生的变故,而是对面司机笨拙的操作。塞温布里奇素来民风朴实,看来名不虚传。警察的大拇指朝对面停车场一指:"他搞了五分钟了。可怜啊,我看真是可怜。"

奈杰尔表示同意,说这种情形确有值得可怜之处。然后他问,自己能不能进去,他找拉特利太太有事。

"拉特利太太?"

"对,这是她家,对吧?"

"是的。太惨了,是不是,先生?他可是镇上的重要人物,哎呀,上周四我们还在一起玩儿呢……"

"是啊,太惨了,你说得对。我就是为此来找拉特利太太的。"

"你是这家人的朋友?"警察问,他庞大的身躯仍旧靠在大门上。

"嗯,倒也算不上,不过……"

"那就是记者了,我猜得没错吧。你恐怕得等一等了,孩子。"说话间，警察态度变得严肃起来，"布朗特警长有令，我在这儿正是奉他之命……"

"布朗特警长？我和他是老朋友了。"

"记者都这么说，孩子。"警察宽容地说，带着些许苦恼。

"就说我是奈杰尔·斯特雷奇威……不，给他看这张名片吧。他会马上见我的，我跟你打赌，一赔七。"

"我不跟人打赌，我是说，一般来说我不会打赌。打赌没什么意思，别人听见也没关系。跟你说，我在德比赛马上也不是没下过本钱，不过呢……"

这样的消极抵抗又进行了五分钟，警察终于同意，把奈杰尔的名片递给布朗特警长。他们马上和警察厅联系上了，奈杰尔一边等，一边想：没想到又遇到布朗特了，这个苏格兰人一脸木然、心如铁石，想起上次两人会面的情形，奈杰尔心情复杂。那时候，奈杰尔是珀尔修斯，乔治娅是安德洛墨达，而布朗特差点成了那个海怪[①]。而且也是在查特科姆，传奇飞行员费格斯·奥布莱恩给奈杰尔提出了他侦探生涯中最大的难题[②]。

一个寡言的警察领着奈杰尔进了房子，布朗特坐在桌子后面（奈杰尔印象中，他一直是这样），那样子活脱脱是一名银行经理，准备就账户透支问题对客户进行盘问。他的秃头、金边夹鼻眼镜、光滑的

[①] 根据希腊神话，安德洛墨达被波塞冬拴在礁石上，给海怪刻托做祭品，后被半神珀尔修斯所救。

[②] 上述情节参见尼古拉斯的另一部作品，《死亡之壳》(1936)。

脸蛋、稳重的黑色西装,都给人富足、老练、体面的感觉。奈杰尔知道,他是一个追踪罪犯绝不留情的警察,因此看到他这副模样,觉得很是荒唐。幸好,他还有幽默感——两瓶烈酒下肚后的幽默,不是"彭斯之夜"[①]的那种。

"哎呀,这可是意外之喜啊,斯特雷奇威先生。"说着,他站起身,气派十足地伸出一只手来,"你妻子她还好吗?"

"好,谢谢。实际上,她和我一块儿来的,老朋友聚到一起了。也许我应该说,猎人们都到齐啦?"

布朗特警长眼中闪过一丝微弱冷光:"猎人?斯特雷奇威先生,你是要告诉我,你自己也掺和到这桩罪行里来了?"

"恐怕是的。"

"那敢情好,哎呀,这可真是……真是好!接下来你要告诉我什么惊喜?我看你浑身上下都是这么个意思。"

奈杰尔不喜欢过于显摆,但如果可以一鸣惊人,他也愿意慢慢铺垫,把戏做足。他不紧不慢地说:"这么说,这是一桩犯罪?我是说,是谋杀,不是一文不值的自杀?"

"自杀的人,"布朗特一本正经地说道,"一般不会连瓶子带药一起吞下去。"

"你是说,作案工具不见了?也许你们叫别的东西吧。你要是愿意,最好把情况都告诉我。拉特利的死,我什么也不知道,只知道曾有个

[①] 苏格兰习俗,聚餐畅饮、吟诗歌唱,纪念苏格兰著名诗人罗伯特·彭斯。

家伙住在这儿,叫费利克斯·莱恩,真名叫弗兰克·凯恩斯。我想你已经知道了。不过大家都习惯喊他'费利克斯',以后我们也这么叫他吧。这个家伙,打算谋杀乔治·拉特利,但根据他的自白,谋杀没有成功,被别人抢先下了手。"

布朗特警长听到这个爆炸性的消息,态度镇定自若,简直和党派元老不相上下。他小心翼翼地取下夹鼻眼镜,冲着镜片吹口气,把镜片擦干净,重新戴好。然后,他说道:"弗兰克·凯恩斯?对对,那个留胡子的小矮子,他是写侦探小说的,对不对?这就有点意思了。"他颇为宽厚地看了一眼奈杰尔。

奈杰尔问道:"我们要扔硬币,开始第一回合吗?"

"呃……你不会是要替这位凯恩斯先生发声吧?"布朗特警长的步子迈得小心翼翼,却非常坚定。

"你猜得没错。当然,如果他被证明有罪,就不一样了。"

"嗯,我明白了,你相信他是无辜的。我想你最好先亮出你的底牌。"

于是,奈杰尔说了费利克斯自述的主要内容。当他讲到费利克斯计划淹死乔治·拉特利时,布朗特的兴奋之情溢于言表。

"死者律师刚刚给我打了电话。他们说,他们手头有东西,我们会感兴趣。毫无疑问,应该就是你提到的日记。斯特雷奇威先生,对你的……呃,你的客户来说,这可很不利啊!"

"你要读完才能下结论。依我看,说不定这日记还能救他。"

"呃,好吧,他们派专人送过来,我们马上就能一睹为快。"

"现在情况还难说。好了,先讲讲你这边的情况。"

布朗特警长从桌上拿起一把尺子，眯住一只眼睛，沿尺子边缘望过去。他突然坐直身子，极其果断地说："乔治·拉特利因士的宁中毒而死。具体情况要等验尸之后，中午前应该能验完。他和拉特利太太、莱娜·罗森、他母亲老拉特利太太、他儿子菲利普一起吃了晚饭。他们吃了同样的食物。死者和他母亲晚餐时喝了威士忌，其他人喝水。其他人都没有不良反应。大约八点一刻，他们离开餐桌，女人们和那个瘦弱的男孩先走，死者随即离开。除了菲利普之外，其他人都到了客厅。大约十到十五分钟之后，乔治·拉特利出现剧烈疼痛，可怜的女人们不知道怎么办。他们给他喝了芥末催吐剂，但他痉挛得变本加厉，症状想必非常恐怖。他们先打电话给家庭医生，但他不巧走开了，等他们找到第二位医生，已经很晚了。克拉克森医生之前在照顾一位产妇，十点多才赶到，他用了常规的氯仿治疗法，但拉特利已经不行了。五到十分钟之后，他死了，我就不跟你说细节了。但是，我个人判断，毒药不是下在晚餐的食物或饮料里头。而且，士的宁中毒，很少在一小时以后才出现症状。他们七点一刻左右坐下来吃晚饭，所以拉特利不太可能是晚饭前服毒的。其他人先离开餐厅，前往客厅，拉特利稍后才去，这中间有一分钟的时间，只有这个时间段。"

"咖啡？波特酒？不，当然不会是波特酒。喝波特酒，谁也不会一口吞下去，何况士的宁味道特别苦，除非事先知道喝的东西本身就是苦的，否则任何人碰到，都会一口吐掉。"

"而且这家人星期六晚上没喝咖啡，之前女佣把咖啡壶弄坏了。"

"听起来像是自杀。"

布朗特警长脸上露出一丝烦躁:"我亲爱的斯特雷奇威先生,自杀的人不会先服毒,再走进客厅,走到家庭成员中间,让大家看着他毒发身亡啊。还有,科尔斯比没找到任何痕迹,不知道他是怎么服毒的。"

"晚餐的东西都清洗了吗?"

"玻璃器具和银器洗了,碗碟什么的还没有。对了,科尔斯比是地方警察,他倒真有可能看漏。我自己是今天上午刚到这儿,但是……"

"你知道吗?凯恩斯下午离开这栋房子后,再也没回来过。"

"真的?你有证据吗?"

奈杰尔惊觉自己还没有证据,说:"哦,还没。目前还没有证据。他跟我说,拉特利在小帆船上摊牌后,拒绝让他回来,收拾行李都不行。不过,这一点可以被证实。"

"也许吧。"布朗特谨慎地说道,他用手指敲打着桌面,"我想,呃……对了,我们不妨再去餐厅看看。"

4

餐厅有些阴暗压抑,挤满了维多利亚式的胡桃木家具,有桌子、椅子,一个很大的餐柜。家具显然是为更大的房间设计的,散发着酒足饭饱、无聊闲话的气息。沉重的紫褐色绒布窗帘、褪色却仍令人生畏的暗红色墙纸以及墙上的油画,都强化了这笨重、拥挤的氛围。一幅油画上有一只狐狸,正在吞食一只露出内脏的野兔(非常写实);

另一幅上有许多鱼类，龙虾、螃蟹、鳝鱼、鳕鱼、三文鱼，统统摊在一块大理石板上；还有一幅是祖先肖像，看样子死于中风，或是因为精美食物吃得太多。

"宁静中反思饕餮。"[①] 奈杰尔一边喃喃自语，一边下意识地去找苏打薄荷糖。布朗特警长站在餐具柜前，若有所思地用手指摩挲着柜子的黄色表面。

"看这里，斯特雷奇威先生。"布朗特指着一个黏糊糊的圆圈，舔了舔手指——如果药瓶里的液体溢出来，就会在瓶底形成这样的圆圈。

"这个啊，"他说，"我想……"

他极其小心地掏出一块白色丝绸手帕，擦了擦手指，按下了铃铛。一个女人马上出现了。毫无疑问，她是女仆，穿着硬领上衣，戴着旧式的白色高帽，一副对周围颇有微词的古板模样。

"是您按的铃，先生？"她问。

"是的，安妮，请告诉我……"

"叫我梅丽特。"女仆的薄嘴唇噘起来，对这位胆敢直呼女佣教名的警察表示不满。

"梅丽特？好吧，梅丽特小姐，告诉我，这个圆圈是谁留下的？"

女仆的目光谨慎低垂，像修女一样。她似乎并未抬眼去看，直接说道："是主人的，去世主人的保健品。"

---

① 化用了英国诗人华兹华斯对诗歌的著名定义："诗歌是宁静中反思强烈情感的自然流露。"

"噢，呃……对了，瓶子上哪儿去了？"

"我不知道，先生。"

经过一番询问，梅丽特说她最后一次看见瓶子，是星期六午饭后。她晚饭后收拾的时候，没注意瓶子还在不在。

"他是把药水倒进杯子里喝，还是用勺子？"

"用一把小勺子，先生。"

"星期六晚饭后，这把勺子洗了吗？"

梅丽特立即不高兴了。"我不负责清洗。"她语气僵硬地强调，"我只负责收拾。"

"那主人用来喝保健品的勺子被你收走了吗？"布朗特耐心地问。

奈杰尔暗笑，眼前这盘问的情形简直就像在拍电影。

"收走了，先生。"

"勺子后来被人洗了？"

"是的，先生。"

"很遗憾。我想想啊……麻烦请你的女主人过来一下。"

"小拉特利太太现在不舒服，先生。"

"我是说……也许最好……麻烦再问问罗森小姐，能不能耽误她几分钟。"

"很容易看出来，谁才是这个家真正的女主人。"女仆走后，奈杰尔说道。

"有意思，这玩意儿的味道像我以前喝过的一种保健品，有马钱子成分。"

135

"马钱子？"奈杰尔吹了声口哨,"难怪他没注意到苦味。而且别人离开餐厅后,他多留了一分钟。你好像取得进展啦!"

布朗特狡黠地看了看他:"你依然觉得他是自杀,斯特雷奇威先生?"

"如果这个瓶子真是用来装毒药的话,就不大可能是自杀。可凶手特意扔掉瓶子很奇怪,这原本是制造自杀假象的好机会。"

"凶手总会做一些奇怪的事,这你没法否认。"

"可这样一来,似乎就没有费利克斯·莱恩什么事儿了。也就是说,如果……"

奈杰尔听见门外有脚步声,立即住了口。一个女孩走了进来,让人觉得有些意外。在这个阴郁的房间里,她的出现倒不算突兀,像一缕阳光照进了牢房。

女孩有着浅黄色头发、白色亚麻外套、靓丽的妆容,全都是对这个房间的挑衅,无论是生者还是死者。就算费利克斯事先没说,奈杰尔也能看出来,她是一个演员:进门时,她略微停顿了一下;布朗特请她坐下时,她自然的态度是精心表演出来的。

布朗特向女孩介绍了自己和奈杰尔,向她和她的姐姐表达了同情。

莱娜敷衍地点点头。显然,她和警长一样,急于谈论正事儿。急切,却又害怕知道真相,奈杰尔心想。他注意到,她的手指在拨弄外套上的一粒纽扣,眼神是坦诚的。

布朗特缓缓发问,从案子的一个方面谈到另一个方面,像医生用手探查病人的身体,等病人突然感到疼痛,那地方就是症结所在。是的,她的姐夫第一次抽搐时,莱娜也在房间里。幸好菲尔不在房间,他晚饭后应该直接上楼了。他们离开餐厅以后的这段时间,她做了什么呢?她一直和其他人在一起,直到乔治开始抽搐。然后他母亲就让她出去拿芥末和水。是的,莱娜记得很清楚,是他母亲这么说的。后来,她就一直忙着打电话找医生。不,在痛苦的抽搐之间,乔治没提究竟发生了什么事,他就这么安静地躺着,有一两次好像快睡着了。

"那么在痛苦发作的时候呢?"

莱娜猛地垂下睫毛,但还是隐藏不住眼里的恐惧。

"他可怕地呻吟着,说痛得厉害。太吓人了,他躺在地上,蜷着身子,像个圆环一样……有一次我开车轧到一只猫……哦,求你别问了,我受不了!"

她双手捧住脸,开始哭起来。布朗特像个父亲一样,拍拍她的肩膀,等她平复下来,他语气轻柔地继续问:"在痛苦发作时,他没说点什么?比如提到某个人的名字?"

"我……我大部分时间不在房间里。"

"好啦,罗森小姐。你得明白,你没必要隐瞒,无论你听到了什么,旁边两个人毫无疑问也都听到了。一个人在极端痛苦中说的话,不能拿来定另一个人的罪,除非有更多证据。"

"那好吧,"这个女孩怒气冲冲地一股脑儿说了出来,"他说了费利克斯……莱恩先生。他说'莱恩,之前想过'……诸如此类的,还恶狠狠地骂他。这不能说明什么,他恨费利克斯,他头脑不清晰……痛得神志模糊。你不能……"

"别激动，罗森小姐。我希望斯特雷奇威先生能让你踏实一点。"布朗特警长摸摸下巴，神秘兮兮地说，"你会不会碰巧知道，拉特利先生有什么自杀的理由呢？财务纠纷？疾病缠身？据说他一直在喝一种保健品。"

莱娜身体僵硬，瞪大眼睛看着他。双目失神，像悲剧演员面具上的两个黑洞。有那么一两秒，她一个字也说不出来。接着，她猛地回过神，急吼吼地说："自杀？你真的吓了我一跳。大家都以为他可能是吃坏了肚子。对，我想肯定是自杀，可我不明白他为什么要……"

奈杰尔觉得，单凭"自杀"这个词，不足以让这个女孩在大庭广众之下如此慌乱。他的直觉很快得到了验证。

"他喝的这个保健品，"布朗特说，"我相信里面有马钱子成分。"

"那我不知道。"

"晚饭后，他是像往常一样，只喝了一勺吗？"

女孩皱起眉头，说："这我没留意。他平时每天都喝，如果晚饭后他没喝，我应该会注意到吧。"

"也对。呃，请允许我这么说：你观察得很细致。"布朗特表扬道。他摘下夹鼻眼镜，犹豫不定地玩了一会儿，"你看哪，罗森小姐，这个瓶子让我有些疑惑。瓶子不见了，这可非常奇怪哦，你看哪，因为我们都想，真的只是想法而已，这瓶子可能……呃……和他的死有关。你知道吧，马钱子是一种毒药，属于番木鳖碱一类的毒药。如果拉特利先生想自杀，也许他在保健品里加了这种毒药，比常规的量要多。但如果真是自杀，那他用不着丢掉瓶子啊。"布朗特努力压制心中的兴奋,但平时几乎听不出来的格拉斯哥方言冒了出来,最后说的那个"瓶子啊",听起来像是"皮夹"。

莱娜要么重新掌控了自己的表情,要么真没有什么好隐瞒的,她犹犹豫豫地说:"你是说,如果乔治死后瓶子还在餐柜里,就能证明他是自杀?"

"不见得,罗森小姐。"布朗特和善地说。很快,善意从他唇间消失,他身体前倾,冷若冰霜地说:"我是说,因为瓶子不见了,所以看起来像是谋杀。"

"啊……"女孩叹气,又像是松了一口气。这个可怕的词语终于出现,她也不用再焦虑了。她知道,不会有更糟的情况需要面对了。

"你不觉得意外?"布朗特严厉地问,女孩的镇定让他有些生气。

"不然呢?要我趴在你肩膀上号啕大哭?去咬桌子腿?"

奈杰尔捕捉到了布朗特眼中的尴尬,顽皮地瞄了他一眼。他喜欢看到布朗特难堪。

"罗森小姐,我有一个问题。"奈杰尔说,"想必费利克斯已经告诉你了,我是他的代理人,我不是来抓你把柄的。这问题听起来挺吓人的:你有没有怀疑过费利克斯?怀疑他一直想谋杀乔治·拉特利?"

"没有!不可能!没这回事!他没有!"莱娜双手在面前挥舞,像是要把奈杰尔的问题推开。接着,她恐慌的表情转为困惑。

"一直?"她缓缓地问,"你什么意思,'一直'?"

"就是说,从你遇到他开始,在他来这儿之前。"奈杰尔说,他也同样感到困惑。

"不,他当然没有。"女孩非常诚恳地回答,然后她咬着嘴唇说,"真的,他没有杀害乔治,我知道的。"

"乔治·拉特利曾开车撞死了一个小男孩。男孩名叫马迪·凯恩斯,去年一月份的事情,当时你在他车上。"布朗特不乏同情地说道。

"天哪。"莱娜低声道,"这么说,这事还是被你们发现了。"她目光坦诚地凝视着他们。"不是我的错,我试图让他停车,可……可是他不停。有好几个月,我梦里都是这件事情。太可怕了,但我不明白,这和……"

"我想,我们可以让罗森小姐走了,你觉得呢,布朗特?"奈杰尔赶紧插话。警长摸着下巴。

"对……呃,也许你说得对。最后一个问题:拉特利先生有没有仇人,你知道吗?"

"可能有。我觉得他是那种容易树敌的人,但我不清楚谁会是。"

女孩出去以后,布朗特说:"她的话意味深长。我发誓,瓶子怎么会消失的,她清楚得很。而且她很怕真是凯恩斯先生干的。不过她还不知道,费利克斯·莱恩就是乔治·拉特利杀死的那个孩子的父亲。她是一个漂亮的姑娘,很遗憾不愿讲真话。好吧,我们不久就会发现真相的。你为什么要问她,有没有怀疑费利克斯要杀拉特利?现在透露关键信息为时过早。"

奈杰尔把雪茄扔出窗外。"是这样的,如果费利克斯没杀拉特利,那我们就面临一个最诡异的巧合:就在费利克斯谋杀拉特利未遂的同一天,另一个人也想杀了拉特利,凑巧成功。"

"确实如此，真是最诡异的巧合。"布朗特将信将疑。

"不，等等。我还没打算完全排除巧合的可能性。让数量足够多的猴子，在足够长的时间里，去玩弄足够多的打字机，它们有可能写出莎士比亚所有的十四行诗来：这是巧合，却有科学道理。可是，如果乔治中毒不是巧合，如果费利克斯不是凶手，那么逻辑上说，必然还有第三个人知道费利克斯的意图。要么读了费利克斯的日记；要么是乔治信任的人，从他口中得知了这一信息。"

"啊，现在我明白你到底想说什么啦，"布朗特说，眼睛在镜片背后闪着光，"假设有这么个第三者，他发现了这个秘密，又想把乔治杀死。费利克斯的尝试失败之后，这个第三者出手了，给乔治下了毒，很可能掺在那个保健品里。他确信大家会怀疑费利克斯，因为有那本日记。但他必须立即行动，因为河上计划失败后，费利克斯最多再在塞温布里奇待一晚。显然，莱娜很可疑。乔治要说出日记的事，肯定最先跟她讲，因为他俩都跟马迪·凯恩斯被害有关。不过，看她刚才的回答，她并没有把费利克斯·莱恩和小男孩马迪联系起来，我觉得她很坦诚，应该不知道日记的事。因此，我们可以把她从怀疑对象中排除掉，除非两次谋杀纯属巧合。"

"但是，既然罗森不知道日记的事，为什么那么害怕凯恩斯毒死了拉特利呢？或者说，怕我们怀疑他？"

"我们必须先了解这家人，才能搞清楚这个问题。我问她，有没有怀疑费利克斯从一开始就想杀死乔治，你注意到她当时有多么疑惑吗？那种发自内心的疑惑。看来她对日记一无所知，但她知道费利克斯可能要杀死拉特利的某种动机,两个男人见面之后产生的某种敌意。"

"对,这听起来有道理。我要问这家里每一个人,他们有没有怀疑费利克斯,我应该说费利克斯·莱恩,然后观察他们的反应。如果有人想用他做幌子,我们总会发现的。"

"就这么办。对了,那个男孩菲尔,介意我们把他接到宾馆里住几天吗?我太太会照顾他。对弱小的心灵来说,这里的环境不健康。"

"不介意,没问题。我要抽空问小男孩几个问题,但不着急。"

"好的,那我去问问拉特利太太的意见。"

5

奈杰尔进来的时候,维奥莱特·拉特利正坐在橱柜前写东西。莱娜也在。奈杰尔介绍了自己,说明来意。"当然,如果你已经做好了安排……不过我相信他和莱恩先生处得非常好,我太太也会乐意帮忙。"

"是,我明白,谢谢你的好心……"维奥莱特低声说道,她无助地转过脸看着莱娜,莱娜站在那儿,直面从窗外涌进来的大片阳光。

"妹妹,你怎么看?你觉得行吗?"

"当然行。为什么不行?菲尔不能再待在这儿了。"莱娜随口说道,眼睛仍然凝望着楼下的街道。

"是,我知道。就是不知道乔治妈妈会不会有意见……"

莱娜突然转过身来，鲜红的嘴唇显出激动又鄙夷的神情："我亲爱的维儿啊！"她喊道，"是时候为你自己想一想啦。菲尔到底是谁的孩子？别人看见乔治妈妈把你当奴隶呼来喝去，还以为孩子是她生的呢，那个多管闲事的老东西！她和乔治毁了你的生活。别冲我皱眉头，没用，你也该告诉她让她少管闲事了。你要是连为自己孩子说话的胆子都没有，那你干脆也去喝毒药算了。"

维奥莱特神情犹疑不定，涂了太多脂粉的脸开始颤抖起来。奈杰尔觉得她已经在崩溃边缘。看得出来，她的内心在挣扎：一边是惯于屈从，一边是被莱娜的话语激发出来的真正自我。过了会儿，她绷紧失去血色的嘴唇，暗淡的眼睛一亮，下巴无意识地微微扬起，说："好，就这么做。斯特雷奇威先生，十分感谢你。"

这时候，门忽然开了，像是回应维奥莱特没有直接说出口的挑战。一个浑身上下全是黑色的老年女人，没敲门便走了进来。窗外涌进的阳光似乎在她脚边停住了，像是被她当场击毙了一样。

"我听见你们的声音。"她生硬地说。

"是啊，我们在讲话。"莱娜说，她无礼的回答被老太太无视。老太太站立时，巨大的身躯挡住了门。然后她脚步沉重地挪到窗前，拉下百叶窗。这时候，她似乎显得没那么威严了，因为当她走路时，能发现庞大身躯下有着一双很短的腿。奈杰尔心里想：阳光都在同她作对。在一片阴暗之中，老太太似乎恢复了对局面的掌控。

"你让我感到惊讶，维奥莱特。"她说，"你丈夫去世了，就躺在隔壁房间，你都不能尊重他一下，把百叶窗拉下来？"

"可是,母亲……"

"百叶窗是我拉上去的。"莱娜插嘴道,"事情已经够糟糕了,还要我们在黑暗中坐着!"

"住口!"

"我不会听你的。过去十五年,你和乔治一直在欺负维奥莱特,如果你想继续欺负她,不关我的事。但我告诉你,你根本不是这儿的女主人,我可不买你的账。在自己房间里你想干吗就干吗,但不要来打扰别人的生活,你这个不知廉耻的老东西!"

奈杰尔观察着这个女孩,心想:光明对抗黑暗,善神奥尔穆兹德抗衡恶神阿赫里曼。莱娜柔软的肩膀迎难而上,脖子在空中勾画出弯刀般锋利的弧线。老太太站在那儿,如同房间中央立着一根黑色石柱,抵御着莱娜的注视。诚然,"善神"终究只是一个普通人,然而她就算俗气,却干净、健康,不会像那个可怕的对手一样,给整个房间带来一股樟脑丸的臭味,还有陈旧礼节和腐烂权力的气息。是时候介入一下了,奈杰尔用欢快的语调说:"拉特利太太,我刚刚在跟你儿媳建议,我和太太很乐意照顾菲尔几天,让她歇一歇,直到事情理出头绪。"

"这位年轻人是谁?"老太太问,颐指气使的派头丝毫没有因为莱娜的攻击而改变。等奈杰尔做了自我介绍,老太太说:"拉特利家的人从来不会逃跑。我不允许,菲尔必须留下。"

莱娜正准备反驳,奈杰尔做了个手势,制止了她。维奥莱特现在必须表态,否则她永远无法翻身。她祈求地看着妹妹,无力地做了个手势,然后她挺直肩膀,将暗淡的神态转为英勇就义一般的表情,说:

"我决定了,菲尔去斯特雷奇威夫妇那儿。把他留在这儿不公平,他年纪太小了。"

老拉特利太太低头认输的模样比往常更加恐怖。她盯着维奥莱特,一动不动地站了一会儿,然后迈着沉重的步子走到门边,用低沉的声音说道:"我看有人在密谋对付我。你的表现让我很不满意,维奥莱特。你妹妹缺乏教养,我根本不指望她表现得体。可你不一样,自从乔治把你娶回家,我以为你身上的污痕早就被洗干净了。"

门"砰"的一声关上了,莱娜冲它做了个不雅的手势。维奥莱特一下子瘫坐在椅子里。空气中还留着樟脑丸的气味。奈杰尔低下头,自动将刚才那一幕记录在大脑中。他自视冷静,却无法否认刚才有那么一刻他真被那个老女人吓到了。奈杰尔没办法假装这些没有发生,他心想:天哪,这是个什么家庭啊!一个敏感的孩子,如何生活在这样的环境中?父母常年争吵,还有一个咄咄逼人的邪恶老太无时无刻不在说他母亲的坏话,企图控制他的想法。奈杰尔正想着,突然意识到头顶上方传来脚步声,正是老拉特利人人缓慢沉重的步伐。

"菲尔呢?"他突然问。

"在他自己房间里吧。"维奥莱特说,"就在这间房正上方,你打算……"

话音未落,奈杰尔已经推门而出,他悄无声息地跑上了楼。他右手边的房间里有人在说话,那粗重沉闷的声音,一听就知道是谁。现在,那个声音缓和了一些,语气里带着点儿祈求。

"你不会走,不想离开我,是不是,菲尔?你爷爷就不会逃跑,他可不是懦夫。记住,你可怜的父亲已经去世,现在你就是家里唯一的男人。"

"走开!走开!我讨厌你。"声音中有一种慌乱、无力的反抗,好像小朋友在驱赶一只离他太近的巨兽。奈杰尔极力控制住自己,没有开门走进去。

"你昏头了,菲尔。你怎么能对可怜的奶奶这样讲话?听我说,孩子,现在你妈妈孤身一人,你不应该和妈妈待在一起吗?她以后的日子会很难熬。你父亲是中毒身亡,被人下毒,你明白吗?"

老拉特利太太说话时,语气中带着讨好,有股浓稠凶恶的甜味儿,就像氯仿麻醉剂。她说话的声音停了下来,房间里传出抽泣声,这是一个男孩对抗麻醉剂的声音。奈杰尔听到身后传来脚步声。

房间里,老拉特利太太的声音继续说道:"你母亲需要我们的帮助。警方会发现上周她和你父亲吵架时说过什么话,这会让他们觉得是她……"

"这太离谱了。"奈杰尔嘟囔了一句,把手放在了门把手上。但维奥莱特匆匆越过他,一阵风似的冲进了房间。只见老拉特利太太正跪在菲尔面前,手指紧紧地掐着他瘦小的胳膊。维奥莱特攀住她的肩膀,想把她从男孩跟前扳开,但老太太纹丝不动,像块玄武岩一样。维奥莱特手快速一挥,打开了老太太的胳膊,站到了她和菲尔之间。

"你个老东西!你怎么可以……你怎么敢这样对他?没事了,菲尔,别哭。我不会再让她靠近你,你现在安全了。"

孩子瞪大眼睛看着母亲,眼神困惑、惊讶。这时奈杰尔注意到,房间里几乎空空如也。没有地毯，只有一张简单的铁床和一张餐桌。毫无疑问，这是他父亲培养孩子"坚强"品格的方式。餐桌上有一本打开的集邮册，翻开的那两页有许多指印，还有泪痕。奈杰尔很长时间以来都没有像现在这样生气，但他知道，他暂时还不能和老拉特利太太翻脸。她仍旧跪在那里。

"好心的斯特雷奇威先生，帮个忙，扶我起来吧。"她开口了。哪怕跪着，她依然不忘尊严。这是个什么样的女人啊？奈杰尔想着，扶她站了起来。这个案子可越来越有趣了。

6

五小时后，奈杰尔见到了布朗特警长，两人开始讨论案情。菲尔已经被安全送到了奈杰尔住的安格勒宾馆，他正吃着丰盛的下午茶，和乔治娅讨论极地旅行。

"没错，就是士的宁。"布朗特说。

"可东西从哪里来的？没有药店能直接买到这种东西。"

"是啊，但你能买到杀虫药。有些杀虫药里含有士的宁。我倒不觉得凶手还需要去买毒药。"

"真有意思，你的意思是，杀人犯是灭鼠员的哥哥或者姐姐？勃朗宁写过一句诗，'任何类似老鼠的响动都会让我心跳加速'。"

"不仅如此。科尔斯比去拉特利修理厂附近做了例行询问，修理厂在河边，老鼠成灾。他碰巧看到办公室里有几罐杀虫药。任何人，我是说他的家人，都能随便走进去，想拿就拿。"

奈杰尔思考着这话的含义。"他有没有问，最近有人在修理厂看到费利克斯·莱恩了吗？"

"问了，他去过一两次。"布朗特有些不情愿地回答。

"谋杀当天他没去吧？"

"谋杀当天，没有人在那儿见过他。"

"你可不能让他成为你的执念啊，心态要保持开放。"

"一个人被杀了，另一个人白纸黑字写得清清楚楚说要杀了他。你还要我保持开放的心态，不太容易啊。"布朗特一边说，一边用手指敲着桌上的大开本笔记本。

"依我看，费利克斯可以排除嫌疑。"

"你是怎么得出这个结论的？"

"他有意淹死拉特利，杀人动机无须怀疑。河上计划失败后，他直接回到安格勒宾馆。我已经调查过了：服务生说，五点钟在大堂给他端过茶点，也就是他在栈桥下船后大约四分钟；用完茶点，他在酒店草坪上坐着看书，一直看到六点半，而且我找到了目击证人；六点半，他进了酒吧，饮酒直到晚餐时间。这段时间里，他不可能回到拉特利家，是吧？"

"这个不在场证明，我们要进一步调查。"布朗特谨慎地回答。

"只要你愿意，尽管查，可是不会有结果。如果他在拉特利的保健品里下毒，只可能在拉特利结束午餐、喝保健品之后，在他自己出发去河边之前。你也许觉得在那段时间里他有作案机会。可他为什么要这么做？他应该没想过河上计划会失败，就算他真有后备方案，也不会选择下毒（河上计划说明他很有头脑），他应该会继续设计一下，让谋杀看起来像个意外，而不是明目张胆地下老鼠药，然后丢掉药瓶。"

"瓶子。呃，对。"

"是啊，瓶子。扔掉瓶子，这件事看起来就像是谋杀。无论你怎么看弗兰克·凯恩斯，你都没法相信他会那么愚蠢，吸引大家去关注他刚犯下的罪行。不管怎么说，很容易证明他是在拉特利死后才去那幢房子的。"

"我知道他没去。"布朗特出人意料地说道，"我已经调查过了。拉特利刚死，克拉克森医生马上报了警。十点十五分之后，那幢房子就有人看着。晚饭开始直到十点十五分，这段时间内凯恩斯先生的行踪都有目击证人，证明他没到过那附近。"说完，布朗特抿紧了嘴唇，显得一本正经。

"好吧，"奈杰尔无助地说，"既然凯恩斯没有杀人，那么……"

"我可没说他没杀人，我只是说他不可能扔掉瓶子。你的观点有点意思。"布朗特继续说道，那样子像导师马上要痛批学生的论文，"的确很有意思，只是你的推论建立在错误的基础上。你预设的是，在瓶子里下毒和处理掉瓶子的，是同一个人。可你想一下，假设凯恩斯午餐后在瓶子里下了毒，万一帆船计划失败，拉特利还是会死于中毒。假设凯恩斯从没想过事后把瓶子扔掉，希望制造拉特利服毒自杀的假象；再假设拉特利服毒后，有第三者进来，这人已经知道或怀疑凯恩斯要杀掉拉特利，也许他想保护凯恩斯，并猜想到瓶子和下毒之间的联系,便过于急切地把瓶子扔掉,替他消灭了'罪证'。"

"我明白了。"奈杰尔沉默了很长时间,说道,"你是说,第三者是莱娜·罗森。可她为什么要这么做?"

"她爱上了凯恩斯。"

"我的老天,你是怎么知道的?"

"我对人心的直觉。"警长讽刺了奈杰尔的强项,"当然,我还询问了用人们,看来他们已经正式订婚了。"

"好吧。"奈杰尔说。经过一连串犀利而意外的打击,他的脑袋有些晕,"看来我还要多做些功课,之前我还担心这个案子没什么可挑战的呢。"

"再说件小事,让你别太自负。当然,你会说这是,呃,最诡异的巧合。你的客户在这本日记中也提过士的宁。时间太赶,我还没读完,不过你看这儿——"

布朗特把那个大开本笔记本推过来,用手指着让他看的地方。奈杰尔读道:"我曾在心里暗下决心,要让他痛苦。他就不配痛痛快快地死。我想把他慢慢烧死,一寸一寸地烧,或者看着蚂蚁一口一口将他活活咬死;还有士的宁,吃了之后能让人的身体慢慢弯曲成一个硬环——老天做证,我真想把他变成一个球,顺着斜坡滚下去,一直滚进地狱……"

奈杰尔沉默了一会儿,随后迈着鸵鸟一般的步伐,开始来回踱步。

"日记里的话无法作为杀人证据,布朗特。"他突然说道,态度比以往更加严肃,"你难道没看出来?这其实证明了我的推测,有第三方接触了日记,利用这点杀了拉特利,让凯恩斯背锅。不过,这点我们先不讨论。你真认为你的推论符合人性吗?有人竟会如此疯狂,担心第一个谋杀计划失败,如此工于心计、残酷无情地准备了第二次谋杀计划?凯恩斯不会这么做。拉特利确实给他造成了无法弥合的伤害,可他就是一个普通人,甚至算得上正派。你的推论不合常理,你知道这不是真的。"

"要是他的脑子已经不正常了呢?就不能指望他的行为符合常理。"布朗特说,态度同样严肃。

"头脑偏执的人蓄意谋杀,往往会败在过于自信,而不是缺乏自信。这点你同意吧?"

"通常情况下我同意。"

"那好,凯恩斯设计了一个近乎完美的谋杀计划,你却告诉我,他对计划、对自己都毫无信心,以至于还要准备一个补救方案。这说不过去。"

"那么我们就此分道扬镳吧。我可不想抓错人,换作你,你也不想。"

"好。什么时候能让我读一读这本日记?"

"我自己先看完,今晚送来。"

7

这是个和煦的黄昏。夕阳的余晖在草坪洒下杏黄色的柔和光晕,草坪从安格勒宾馆门前缓缓而下,一直延伸到河边。这是一个异常宁静的傍晚，用乔治娅的话说，都能听到母牛在三块农田之外的地方反刍。酒吧一个角落里聚集着一群渔夫，他们瘦小枯干，穿着破旧的粗花呢衣服，留着悲伤的小胡子。其中一位正手舞足蹈，讲他如何抓住了一条大鱼，也许是真的，也许是他想象的。这些人在枯燥的水世界里生活、行动、存在着，就算听到什么暴力事件的传闻，他们也当那是令人厌烦的节外生枝，不会予以理睬。他们同样也不理睬另一帮人，后者围着一张桌子坐着，正喝着杜松子酒和姜啤。

"钓鱼竿啊，"奈杰尔的音量不小，其他人完全可能听到，"就是一根棍子，一头有个钩子，一头有个傻瓜。"

"闭嘴，奈杰尔。"乔治娅低声说，"我可不想看到你们打起来。那些人很危险，会拿大鱼叉扎我们。"

莱娜坐在一条高背长凳上，斜倚着费利克斯，不安地动来动去。

"我们到外面的花园去吧，费利克斯。"她提议，显然只邀请了他一个人。他却回答："好，等他们两个把酒喝完，我们一块儿出去，玩玩钟面高尔夫之类的。"

莱娜咬着嘴唇，不高兴地站起身来。乔治娅快速瞥了奈杰尔一眼，他领会了她的意思：我们最好都出去，现在不是开玩笑的时候，费利克斯为什么不愿和莱娜独处呢？

是啊，为什么呢？奈杰尔思忖。如果布朗特猜测正确，莱娜怀疑费利克斯杀了拉特利，那么她不愿意和他待在一起，就完全可以理解，因为她害怕对方亲口证实自己的怀疑。但实际情况恰恰相反，是费利克斯在躲避莱娜。吃晚饭时，甚至让人觉得他在刻意和她保持距离。费利克斯的语气锋芒锐利，尤其是和莱娜讲话时，好像是警告对方：你要是靠近我，会被割伤。事态非常复杂，奈杰尔意识到，费利克斯就是个复杂的人。是时候往桌上打几张牌了，挑明地说上几句，看看他们反应如何。

于是，等他们打完了一轮钟面高尔夫，坐在帆布躺椅上看着面前暗光闪动的河水，奈杰尔开始谈起案子来。

"那个关键文件在警方手里，你听到应该会轻松一些。布朗特今晚会拿来。"

"哦，好吧。让他们知道最坏的情况，我想应该是好事。"费利克斯轻声说道，他的表情将羞怯和高傲奇怪地混合在一起。他继续说："我想，不妨把胡子剃了，反正再伪装也无济于事了。我从没喜欢过这玩意儿，吃饭时很不方便。可能我太挑剔了。"

乔治娅拨弄着手指。费利克斯轻描淡写的样子，让她不太舒服：该不该喜欢这个人，她还不确定。

莱娜说："请允许我问一句，你们这是在说什么？'关键文件'是什么？"

"费利克斯的日记，你知道吧。"奈杰尔说道。

"日记？可是为什么呀？我不明白。"莱娜无助地望着费利克斯，但他避开了她的目光。她像是真的摸不着头脑。当然，她是个演员，奈杰尔心想，这可能是在演戏，不过他倒愿意打个小赌，这是她第一次听说日记这回事儿。他继续试探。

"费利克斯，我们这样绕来绕去没什么意义。罗森小姐知道你的日记，知道这些事儿吗？你难道不应该……"

奈杰尔在大风大浪里抛出一只钓钩，他不知道结果会怎样。但实际情况，完全出乎他的意料。费利克斯坐在椅子上挺直了背，眼睛盯着莱娜，那眼神中有亲切、愤懑、勇敢，还有某种冷酷的鄙夷，不知是鄙视她，还是鄙视自己。就这样，他将整个故事和盘托出：马迪如何遇害，他如何追查乔治，又如何将日记藏在拉特利家房间一块松动的地板下面，后来如何在河上试图谋杀乔治。

"好了，现在你知道我是什么样的人了。"他说道，"除了没能杀死乔治，其他的我都干了。"

他的声音相当平稳、客观。但奈杰尔看到，他整个身体都在颤抖，几近抽搐，好像他在冰水里洗了很长时间的澡一样。他讲完之后，大家都沉默了，这寂静似乎永无止境。河水轻轻拍打着河岸，一只松鸡发出凄厉的叫声，宾馆里的收音机无动于衷地重复着日本人的宣言，说轰炸中国城镇完全出于自卫。然而，对草坪上这几个人来说，这寂静却触手可及，好像裸露在外的神经。莱娜双手紧紧抓着椅子的木头扶手。费利克斯说话时，她就一直这么坐着，一动不动，只有嘴唇不时张开，好像要猜测费利克斯接下来说什么，或者要帮他把话说出来。最后，她紧张的姿态终于松弛下来，宽宽的嘴巴开始颤抖，整个身体似乎都变小了、变没了，只听她喊道："费利克斯！你为什么不早点告诉我？啊，为什么啊？"

她直愣愣地盯着他的脸，那张脸仍然紧张而倔强。奈杰尔和乔治娅恨不得离他们远远的。费利克斯一句话也不说，好像铁了心要和她保持距离。她站起身，哭了出来，急匆匆地朝宾馆走去。费利克斯一动不动，无意跟上去……

"你搞的这些小手段啊！"一小时后，他们回到自己的房间，乔治娅说，"你要让令人煎熬的一幕尽早发生，是吧？"

"我很抱歉，没想到事情会变成那样。不过，这还是证明了莱娜没有杀害拉特利。我敢肯定她不知道日记的事，而且她真的爱上了费利克斯。就凭这两点，她不太可能毒死拉特利并嫁祸给费利克斯。"他又自言自语地补充道，"当然，如果那是巧合，也可以解释她说'你为什么不早点告诉我'。我怀疑……"

"胡说，"乔治娅干脆地说，"我喜欢那个女孩,她有血性。人们常说，下毒不是女人的武器，而是弱者的武器。莱娜是有勇气的，她不会下毒。要杀拉特利，她会开枪把他脑袋打穿、拿刀捅死他，用这样的方法。她不会杀人的，除非在盛怒之下。记住我的话。"

"我想你说得对。现在说点别的,费利克斯为什么对她那么冷漠？拉特利死后，他为什么没有马上把日记的事告诉莱娜？还有，为什么要当着我俩的面说这些事情呢？"

乔治娅将前额的黑色头发甩开，看起来像只聪明却有些焦虑的小猴子。

"人多安全呗。"她说，"他迟迟没有坦白。一旦坦白，就说明他一直在利用她（至少一开始是利用）。费利克斯打算杀人，却要把莱娜变成无意识的帮凶。他很敏感，肯定知道她的爱有多真诚，如果她知道自己被利用，肯定会受到伤害，所以他迟迟不说。我敢肯定，他是道德上的懦夫，不愿冒犯别人——与其说是怕伤害他人，不如说是想保护自己。他害怕陷入情绪失控的窘境，才会选择当着我们的面跟莱娜摊牌。我们在场，他就不用立即承担后果，比方说泪水、痛斥、解释、安慰，等等。"

"你觉得他没爱上她？"

"不确定。他似乎在努力说服莱娜，或者说服他自己，他没有坠入爱河。"说完，乔治娅又补充道，"要是我对这人没啥好感就好了。"

"为什么这么说？"

"费利克斯对菲尔特别好，你注意到了吗？我相信他是真心为这孩子好，菲尔也尊敬他，把他当成有权威的家长一样。如果他不是这样的人……"

"你就能心安理得地怀疑，费利克斯是凶手。"奈杰尔打断道。

"我从来没这么说过。你别像魔术师变金表似的，把我没说过的话凭空编出来。"她生气地说。

"小可爱，你真善良，我爱你。这是你第一次对我说谎吧？"

"不是。"

"哦，看来不是第一次。"

"这就不是说谎。"

"好吧，不是说谎。来，我来给你挠挠后脑勺，怎么样？"

"那太好了，如果你没有更紧急的事要做。"

"那本日记，我今晚要看完。等你睡觉，我把灯罩起来读。对了，我得安排你和老拉特利太太见见面，她是个百分百的恐怖角色。要是能找到她给乔治下毒的动机，我会高兴得多。"

"杀母案听说过，杀子案很罕见。"

奈杰尔喃喃地念道：

"噢，我怕你被下了毒，兰道尔勋爵，我的孩子！
噢，我怕你被下了毒，我英俊、年轻的男孩！"
"噢，是啊！我被下了毒，母亲，为我铺床吧，
我心里难过，我要躺下来。"①

"可是，毒害兰道尔勋爵的，是他年轻的情人吧。"乔治娅猜想。
"他也是这么想的。"奈杰尔阴冷地强调。

8

第二天上午，布朗特警长和奈杰尔前往修理厂。

警长说："真希望能找到药瓶。如果是被家里人藏起来的，不会藏很远。拉特利毒发后，没有任何人离开其他人的视线超过几分钟。"

"罗森小姐呢？她说自己打了很久电话，你确认过吗？"

"确认过了，我列了一张家庭成员的行动时间表，从晚饭后一直到当地警方赶来之前，大家的证词都比对过了。他们中任何一个人都有时间溜进餐厅、把药瓶处理掉，但没人有时间把瓶子扔得远远的。科尔斯比的手下搜过房子、花园以及周边几百码的地方，都没发现

---

① 一首古老民谣，讲述兰道尔勋爵与女友约会时被女友下毒的故事，出处不详。

157

药瓶。"

"怎么会，拉特利不是定期喝保健品吗？那些喝完的空瓶子都在哪里呢？"

"上周三，被一个收废品的全部收走了。"

"你好像做了不少调查嘛。"奈杰尔语气欢快地说。

"呃，嗯。"布朗特摘下小礼帽，在亮晶晶的秃头上抹了一把，又把帽子端端正正地戴了回去。

"直截了当问莱娜，她把该死的瓶子放在哪儿，你会省去很多麻烦！"

"你知道的，我从来不恐吓目击证人。"布朗特说。

"这话你都敢讲，也不怕遭雷劈。撒谎都不……"

"日记你读了没？"

"读了，不少有用的信息，你不觉得吗？"

"嗯，对，也许吧。我想拉特利在家人中间不太受欢迎，和那个卡尔法克斯的老婆也有些不清不楚，等下去见见那家伙。不过，你要注意，凯恩斯可能在日记中刻意强调这点，引导大家去怀疑别人。"

"我觉得谈不上'强调'，不过是顺便一提。"

"噢，他很聪明，不可能做得太明显。"

"好吧，他的判断是否属实，很容易搞清楚。实际上，我们的证据已经够多了，拉特利在家里就是个暴君。他和他那个可怕的母亲把家里每个人都欺负得够呛，除了莱娜。"

"这点我同意。不过，你是说毒死他的是他妻子或者某个用人？"

"我什么也没说。"奈杰尔有些不胜其烦,"我只是说,费利克斯日记里描述的拉特利家的情况,都是客观真实的。"

他们没再说话,默默地朝修理厂走去。正午阳光下,塞温布里奇的街道昏昏欲睡。镇上的居民聚集在脏乱却充满历史韵味的巷口闲聊,就算他们认出迎面而来的这位"富商"是整个警察厅最可怕的探员,也能淡定地隐藏住心里的好奇;就算奈杰尔·斯特雷奇威放声高歌起来,也没引发什么动静。只有布朗特听了心中慌乱,他加快步伐,神色焦虑。与布朗特警长不同,塞温布里奇的居民对主干道上有人吵吵嚷嚷、高声唱歌(这么早就有人唱歌倒不多见),早就不以为奇——每年夏天,一到周末,伯明翰的大型观光巴士就会送来一批批游客,在塞温布里奇掀起一场场自玫瑰战争以来从未经历过的狂欢。

"别再制造这么可怕的噪音了。"布朗特忍无可忍,终于开口说道。

"你说的不会是我在唱的这首伟大民谣吧?"

"就是。"

"噢,没关系,只剩五十八小节。"

"我的天哪!"布朗特忍不住喊了出来,他很少口不择言。

奈杰尔继续唱道:

"然后,只见林里的野兽

四散奔走;

猎犬倏然冲进灌木

扑杀野鹿。"

"啊，我们到啦。"布朗特说着，匆匆进了修理厂。两名修理工人嘴里叼着香烟，在一块"禁止吸烟"的牌子下面比画拳击。布朗特要求见老板，他们随即被带进办公室。当警长在做简短的开场白时，奈杰尔打量着卡尔法克斯。他个子不高，衣着整洁，看上去平平无奇。那张脸光滑、黝黑，似乎喜欢玩闹又有所收敛，表情有着职业板球手一般的开朗朴实。奈杰尔心想：这人精力充沛但野心不大，乐于做个普通人，他受人欢迎，但内心深处有所保留；对某些爱好尤其热衷，说不定是某些生僻知识的专家；是好丈夫、好父亲。谁都不会把这样的人和脾气暴躁联系起来。但是，这种人有欺骗性，很有欺骗性。这个"小男人"一旦来了脾气，会像猫鼬一样发飙。通常来说，家是他的城堡，为了保卫领地，他会展现出令人惊诧的坚韧努力。至于他的老婆洛达……

"是这样的，"布朗特警长说，"我们调查了附近所有的药店，现在呢，呃，可以确定，死者家人都没购买过任何形式的士的宁。当然，下毒者也可能是从更远的地方买的，我们会继续调查。不过目前，我们怀疑凶犯可能从你这儿拿过杀虫剂。"

"凶犯？这么说，你们已经排除了自杀和意外的可能？"卡尔法克斯问道。

"你知道你的合伙人可能自杀的理由吗？"

"噢，不知道。我就是随口一说。"

"他有没有经济上的困难？"

"没有，修理厂业务还行。不管怎么说，就算修理厂倒闭，我的损失比拉特利大得多。你们知道嘛，接手修理厂的时候，买厂的钱都是我出的。"

"是吗？原来是这样。"

奈杰尔瞪大眼睛，怔怔地盯着手中的烟头，突然发问："你喜欢拉特利吗？"

布朗特警长做了个不满的手势，好像在说，这种问题不可能出自警方之口。

卡尔法克斯听了，却很平静，说："你想问，我为什么跟他合伙？事实上，他曾在战场上救过我的命。后来，大概七年前，我和他重逢。那时候嘛，他有困难，母亲没钱了，所以呢，至少我可以帮他一把。"

卡尔法克斯没有直接回答奈杰尔的问题，但他的意思再清楚不过，他和拉特利合作，不是出于深厚的友谊，而是为了偿还人情。布朗特必须了解卡尔法克斯先生上星期六下午的行踪，于是他再次发问，并解释只是"例行问话"。

卡尔法克斯眼里闪过一丝嘲笑，说："是的，当然，例行问话。大概两点四十五分，我去了拉特利家。"

奈杰尔嘴里的香烟掉到地上，他急忙弯下腰，把烟捡起来。布朗特继续提问，语气轻松平淡，好像他不是第一次听到这事。

"就是私人拜访？"

"对，我去看看老拉特利太太。"

"天哪，"布朗特语气柔和地说，"我还不知道呢。我们询问过用人，可她们都没说你那天下午拜访的事。"

卡尔法克斯目光明亮坚定，像蜥蜴一样敏锐，他说："因为她们不知道。我直接去了老拉特利太太的房间，她和我约定好的，让我直接过去。"

"约定好的？呃，这么说，你和她有正事儿要谈？"

"是的。"卡尔法克斯说，语气严肃了一些。

"和我处理的案子有关系吗？"

"没有。不过有些人会觉得有。"

"这得由我来决定，卡尔法克斯先生。你最好还是……"

"我知道，我知道。"卡尔法克斯急躁地说，"问题是，这还涉及第三个人。"他思考了片刻，然后说道："除了你们两个，不会有别人知道，是吧？如果你们发现和案子没有……"

奈杰尔插了一句："别担心，反正都写在费利克斯·莱恩的日记里。"他留意着卡尔法克斯的反应，那人看起来一脸疑惑（或者演技高超，假装出了一脸疑惑）。

"费利克斯·莱恩的日记？但是，他怎么能知道……"

布朗特瞪了奈杰尔一眼，但奈杰尔不予理会，继续说："莱恩注意到，拉特利……我该怎么说呢？拉特利很欣赏你妻子。"奈杰尔话里带刺，希望能激怒卡尔法克斯，从而使他放松戒备。然而，卡尔法克斯却沉着迎战。

"看得出来，你们占了上风。"他说，"那我长话短说，事实简单无误，希望你们不要混淆是非。乔治·拉特利向我妻子示好有一段时间了，她觉得有趣好玩，虚荣心得到了满足。任何女人都可能这样。乔治是个粗人，但自有魅力。她甚至与他有过无伤大雅的调情。我没抗议。如果一个人害怕信任自己的妻子，他就根本没有结婚的权利。反正我的看法就是这样。"

奈杰尔暗叹：我的老天，这男人莫非是盲目自信却令人敬佩的堂吉诃德？要不就是一个精明狡猾的骗子。当然，也有可能是费利克斯在日记中过度渲染了拉特利和洛达·卡尔法克斯的暧昧。

卡尔法克斯眼睛眯起来，好像遇到了刺眼的强光，他一边转着印章戒指，一边继续说："最近，乔治越来越离谱了。顺便说一下，去年有段时间，他似乎对她没了兴趣，那时候他正和小姨子混在一起，大家都这么说。"卡尔法克斯撇了撇嘴，憎恶的表情里带着歉意，"不好意思，都是流言蜚语。一月份，乔治和莱娜·罗森似乎吵了一架，然后他才……又回过头来向我太太献殷勤。我依然没有介入。如果洛达真的更喜欢他，我是说，从长远来看，我就算大吵大闹也没用。不幸的是，这时候乔治的母亲插了一脚。星期六下午，她要跟我谈的就是这件事情。她指责我放纵洛达成为乔治的情妇，问我怎么打算。我说，目前我什么也不打算做，但如果洛达向我提出离婚，我当然会同意。那个老太太就开始乱发脾气。我恐怕永远都受不了她，可怕的老东西。她说，我就是喜欢得意扬扬地戴着绿帽子，还辱骂洛达，说她勾引乔治，我觉得那都是胡说。还有很多难听的话。最后，她竟然命令我，让我了结这一切，要是洛达老老实实回归家庭，她就不再声张，这样的结果对所有人都好。她则会保证乔治今后规规矩矩。实际上，那就是最后通牒,我讨厌最后通牒,尤其是盛气凌人的老太太发出的最后通牒。我又更加坚定地重复了一遍,如果洛达真愿意跟乔治好,我会同意离婚的。老拉特利太太再次开始滔滔不绝,大谈社会声誉、家族荣誉什么的。她让我觉得恶心,所以她话讲了一半我就直接出了门,离开了她家。"

说话时,卡尔法克斯不停地看向奈杰尔。说到要紧处,奈杰尔点头表示认同。布朗特感觉自己被排斥在外,不知所措,不禁有些疑惑起来:"故事非常有趣,卡尔法克斯先生。嗯……呃,但你必须承认,你的行为有点……有点前卫。"

"也许吧。"卡尔法克斯淡淡地说。

"你说,你直接离开了她家?"

布朗特把"直接"两个字说得很重,带着挑衅的意味。他的眼睛在夹鼻眼镜后面射出冷冷的光。

"如果你是要问,我有没有绕一下路,好把士的宁放进拉特利的保健品里,我的答案是没有。"

布朗特一惊:"你怎么知道下毒的手法?"

面对质问,卡尔法克斯没有一丝惊慌,说:"各种八卦啊,用人们会说出去的。拉特利家的女佣跟我们家厨师说,有一瓶保健品不见了,警察到处在找,我就自己推测出来了。这种简单的推理,不一定非得是警长才会。"卡尔法克斯说道,语气里有种调皮的恶意。

布朗特慢条斯理却一本正经地说:"我们会核实你的陈述,卡尔法克斯先生。"

"不用那么麻烦,"卡尔法克斯出人意料地说,"我指出两件事情,毫无疑问,你们都已经想到了。第一,你们就算不理解我在拉特利和我妻子的事情上的态度,也不能想当然认为我在撒谎;老拉特利太太能证实我的……我的陈述。第二,你们也许会认为,这就是个幌子,我的这种态度,是为了隐藏我真正的感受,掩盖我想让洛达离开乔治的愿望。但请你们注意,我根本没必要杀掉乔治,没必要搞那么大。修理厂的资金是我的,这事我要想了结,只要告诉乔治必须离开洛达,否则我就把他从修理厂踢出去。要么要钱,要么要感情,就这么简单。"

卡尔法克斯简单利落一通操作,布朗特的炮火便全落了空。卡尔法克斯往椅背上一靠,笑呵呵地看着布朗特。布朗特试图反击,都被卡尔法克斯以冷静直率和更冷酷的逻辑一一击败。卡尔法克斯都有些沾沾自喜了。布朗特能够获得的唯一新证据是:在卡尔法克斯离开拉特利家和谋杀发生之间的这段时间里,卡尔法克斯有难以辩驳的不在场证据。

两人离开修理厂后,佘杰尔说:"好啊,令人生畏的布朗特警长遇上了对手。我们被卡尔法克斯打得败下阵来啦。"

"他是个冷静的人物,"布朗特恼怒地说,"完美无瑕,也许太完美了点儿。你应该也注意到了,凯恩斯先生的日记里提到,有一天他去修理厂,卡尔法克斯跟他谈了很多毒药的事。我们走着瞧吧。"

"这么说,你的注意力已经不在费利克斯·莱恩身上啦,是不是?"

"斯特雷奇威先生,我一直保持着开放的态度。"

9

就在布朗特暂时放过卡尔法克斯的时候，乔治娅和莱娜正在拉特利家的网球场边上坐着。乔治娅来看看能不能为维奥莱特·拉特利做点什么，不过在过去一两天内，维奥莱特突然获得了自信和权威，令人惊讶。无论当前的情况对她提出什么挑战，她好像都能应付，现在，老拉特利太太的管辖范围也只限于她自己的房间了。用莱娜的话说，"我也许不应该说这话，可乔治死后，维儿好像变了个人。用我们以前英语老师的话说，她成了'浪静风恬的一个人'。这是个什么形容词啊！可是维儿呢……说真的，你现在看她，谁会想到她当了十五年的应声虫？说来说去，都是'是乔治、不是的乔治、哦乔治、拜托不要啦乔治'……现在乔治被毒死了，警察会不会盯着他的遗孀呢，天知道"。

"噢，肯定不太会……"

"为什么不会？我们所有人迟早要被警方怀疑，在房子里待过的所有人。费利克斯显然一直在作死，要把自己送上断头台，不过我也不认为他真的会把计划执行下去——你知道，他昨晚跟我们说的那些事。"莱娜停顿了一下，又压低了声音说，"真希望我能搞明白这些……算了，去他妈的！菲尔今天怎么样？"

"我走的时候，他和费利克斯在读维吉尔，看起来挺高兴的。不过我是不太懂孩子的。他有时会很紧张，然后像牡蛎一样缄口不言，看不出有什么理由。"

"读维吉尔？超出我的理解范围了，我放弃。"

"想办法让他别老想着那件事，未尝不可。"

莱娜没答话。乔治娅抬起头，盯着空中飘过的云朵，接着，一阵窸窸窣窣的声音打断了她的思绪。乔治娅低头一看，只见莱娜用她被晒黑的柔软小手，连根拽起地上的小草，恶毒地撕扯一番，再把它们撒回地上。

"噢，是你啊，"乔治娅说，"我还以为来了只奶牛。"

"要是你经历了我的事，你也会开始吃草……我快疯了！"莱娜转向乔治娅，肩膀猛地一动，似乎凭空制造出一个戏剧化场景。她眼里喷出火来，"我这是怎么啦？你告诉我，我有什么毛病吗？是我体味难闻，还是连最亲密的朋友都不愿告诉我的事？"

"你什么毛病也没有，你这是什么意思？"

"那为什么大家都躲着我呢？"莱娜激动不已，离歇斯底里不远了，"我是说费利克斯啊，还有菲尔。我和菲尔以前处得很好，但他现在一看到我，就一溜烟儿跑了。可我不在乎他，我在乎的是费利克斯。我为什么会爱上这个男人？我……爱上了他……是吗？这个国家，几百万男人让我挑，我却爱上了一个不在乎我的人，他只是把我当成接近乔治的介绍卡。不，不是这样的。我知道费利克斯爱过我，有些事做不了假，女人也许可以，男人假装不来的。天哪，我们那时候多开心啊，哪怕后来我开始怀疑费利克斯……嗯，其实我没有真心怀疑过，我的爱就是那么盲目。"

平静时，莱娜脸上是略带愚蠢的艳丽。而这时候，由于她情绪激动，忘了表演训练中的那些姿态、妆容、刻意的"装扮"，那张脸反而显得美丽动人。她牢牢抓住乔治娅的双手，冲动中带着祈求，急切地继续说："昨天晚上，你也看到了。我邀请他去花园，就我俩，他不愿意。好吧，我想肯定是因为那本日记，他怕我知道他一开始就别有用心。可他跟我们说了日记的事，他知道那已经不再是什么秘密了。今天早上我给他打电话，说我不在乎，我爱他，想和他在一起，想帮他……他呢，平静、礼貌，一副谦谦君子的样子，说我们没必要的话还是不要见面。我就是不明白，我要给逼疯了，乔治娅。从前我认为自己是个有尊严的人，现在却跪在这个男人后面求他，像个该死的信徒。"

"亲爱的，我听了很难过。这对你来说很不公平。可说到尊严……换作我，不会为这个担心。尊严听上去很有气势，也很高贵，可它就是情感的累赘，越早摆脱越好啊。"

"我倒不担心尊严。我担心费利克斯。他杀没杀乔治，我也不在乎，我就希望他别把我也给杀了。你觉得……我想问一下，他们会逮捕他吗？太可怕了，想想吧，他们随时都会逮捕他，我可能永远见不到他了，现在我们不在一起的每一分钟，都浪费掉了啊！"

莱娜开始哭起来。乔治娅等她平复下来，温柔地说："我不觉得人是他杀的，奈杰尔也不信。我们会帮他脱身，我俩。但要救他，我们必须知道所有的真相。现在他不想见你或许有充足的理由，也可能是错误的骑士精神，他不想把你卷进去。但你不能隐瞒任何事，有话故意藏着不说——那也是错误的骑士精神。"

莱娜双手紧握,放在膝上,盯住前方,说:"太难了。明白吗,这会把我身边另一个人牵扯进来。如果隐瞒证据,会被送进监狱吗?"

"会的,如果够得上他们说的'知情不报'的话。但值得冒这个险,是不是?你说的是消失了的药瓶吗?"

"那你答应我,除了你丈夫,谁都不能说。还有,请他在向别人透露之前,跟我先谈一谈?"

"好,我答应你。"

"那好,我告诉你。我从没跟任何人说过,因为那个人是菲尔。我很喜欢他。"

莱娜·罗森开始讲述她的故事。故事始于拉特利家晚餐时的一次谈话。

他们在谈论剥夺他人生命的权利,费利克斯说,他认为除掉"社会害虫"是为民除害,因为那些人会让周围的人痛苦不堪。当时,她没当回事,后来乔治中毒了,又说出费利克斯的名字,她想起了那次谈话。她赶紧跑去餐厅,看到了餐桌上那瓶保健品。乔治在隔壁房间里呻吟、打滚,她一下子就把这个瓶子和费利克斯的话联系起来了。尽管无凭无据,那一刻她相信是费利克斯给乔治下了毒。她脑子里只有一个念头,就是把瓶子扔掉。这样做,其实是扔掉了能证明乔治自杀的唯一证据,可当时她哪里想得到这一点?

莱娜本能地走到窗户边,想把瓶子丢进小树丛。就在这时,她看见菲尔把鼻子贴在窗户玻璃上,正瞪大眼睛看着自己。然后她听见老拉特利太太在客厅里喊自己。她打开窗户,把瓶子递给菲尔,让他去把瓶子藏起来,这一切发生得太快,根本没工夫解释。到现在,莱娜也不知道瓶子在哪里。她想单独找菲尔,可每次他都避开了。

"这没什么奇怪的,是不是?"乔治娅说。

"没什么奇怪?"

"你让菲尔把瓶子藏起来,他见你情绪激动,然后就听说父亲中了毒,警察在找瓶子。你觉得他会下什么样的结论呢?"

莱娜疯狂地盯住乔治娅,接着她爆发了,一会儿大笑,一会儿哭泣:"天哪!太荒谬了!菲尔以为是我干的?我……这太荒谬了!"

乔治娅站起身来,动作利索地弯下腰,抓住莱娜的肩膀,狠狠地摇晃她,直到莱娜的浅色头发散乱开来,在额前飘舞,挡住了一只眼睛,她那白痴的笑声终于停止了。乔治娅把莱娜的脑袋抱在胸前,感到她的身体在抽搐颤抖。这时她仰起头来,看到有一张脸,正透过楼上的窗户向下凝视。那是一张老太太的脸,严厉、阴郁、高贵,嘴巴紧闭,表情也许是对在安静房子里放肆大笑的谴责,也许是复仇之神取得胜利后的冷峻,又或是一尊石头神像,膝上洒着祭品的鲜血。

10

午饭前回到宾馆后,乔治娅把谈话内容告诉了奈杰尔。

"这就对了,"奈杰尔说,"我就知道是莱娜把瓶子给扔了,但当她知道瓶子找不到对费利克斯未必有好处时,她为什么还不说呢?我不明白。看来这终究还是场谋杀。好啦,我们要跟小菲尔谈谈了。"

"我很高兴把他从那房子里带出来了。今天上午,我看到了老拉特利太太,她在楼上的窗户那儿盯着我们,像耶洗别[①]一样。嗯,其实也不太像耶洗别,更像我在婆罗洲见过的诸诸神,独自坐在树林中央,膝盖上有很多干掉的血。那次真是有趣的发现。"

"我相信很有趣。"奈杰尔心下一凛,说道,"知道吗,我开始有点怀疑那个老太太了,如果她没有那么明显——就是那种非常高调却引发误导的人物,任何侦探小说家都会用她来放烟幕弹——对吧。如果这案子是一本书,我会把钱押在那个卡尔法克斯身上。他像玻璃一样平滑、透明,我一直在想,他是不是在跟我们玩西洋镜的把戏。"

"伟大的加博里欧[②]说过,'永远要怀疑看似合理的事,相信看似离奇的事'。"

"如果真是他说的,那伟大的加博里欧就是个笨蛋。我从未听过如此不负责任、荒诞的悖论。"

"怎么会?谋杀本身就很离奇,只不过有些时候会受制于家族世仇那样的严格规则。用现实的眼光去看待它没有用,没有杀人犯是现实主义者,否则他就不会去杀人。你的侦探事业之所以成功,也是因为大多数时间你的想法有些癫狂。"

"你的表扬虽然发自内心,却显得有些多余。对啦,今天上午你

[①] 圣经人物,以色列王亚哈的妻子,性情冷酷。
[②] 指埃米尔·加博里欧(Emile Gaboriau, 1832—1873),法国记者、小说家,推理小说先驱。

看到维奥莱特·拉特利了吗?"

"看到了,不过就一两分钟。"

"我只想知道,上星期她和乔治吵架时说了什么。昨天上午我们把菲尔从老太太的魔爪里救出来时,老太太好像在含沙射影。是时候发挥你的女性魅力了。"

乔治娅做了个鬼脸,说:"你打算让我当密探当到何时啊?"

"女密探,我的宝贝。尽管你外表强悍,却能打探到别人心底的秘密。你是怎么做到的?我不明白。"

"厨房里有女人的一席之地。从现在起,我就待在那儿。你那些偷偷摸摸的事,我受够了。你要是想在别人心里放一条毒蛇,不如把你自己放进去吧。"

"这是要造反吗?"

"是的,怎么啦?"

"我只是确认一下。好吧,厨房就在楼下,先左转,再右转……"

午饭后,奈杰尔带着菲尔去了花园。谈话时,小男孩很礼貌,但有些心不在焉。他脸色发白,胳膊和腿细得让人心疼,眼中不时露出惊恐的神色,让奈杰尔迟迟不愿开启他想谈的正事。然而,男孩猫一般的镇定、优雅、神秘,又在向他发出挑战。

最后,奈杰尔言不由衷地说出那句话,连他自己都觉得唐突。"那个瓶子,菲尔,你知道,就是那个保健品的药瓶。你把它藏哪儿啦?"

菲尔直愣愣地看着奈杰尔,神色无辜却带着挑衅:"可我没藏瓶子啊,先生。"

奈杰尔差点儿信以为真,接受了这句话,但他想起了当校长的朋友迈克尔·埃文斯说的名言:"真正有能力的聪明孩子,如果在重要的事情上撒谎,总会直接盯着老师的眼睛。"

奈杰尔狠了狠心,说:"可是莱娜说,她把瓶子给你了,让你藏起来。"

"她说了吗?但是……你是说,不是她……"菲尔用力吞咽了一下口水,"不是她毒死了我父亲?"

"当然不是她。"看到眼前的男孩努力做出老成持重的样子,奈杰尔真想逮住该负责的人,好好揍他一顿。他必须一直看着孩子,以此提醒自己,菲尔只是个受到迫害、心存困惑的孩子,不是他谈吐间假扮的那个大人。"当然不是她。你想要保护她,这一点令人钦佩,但现在没必要这么做了。"

"如果她没下毒,为什么要我把瓶子藏起来呢?"菲尔问,眉毛痛苦地皱了起来。

"这个咱们就别去操心了。"奈杰尔随口说道。

"我没法不去想,我不是小孩子了。我认为你应该告诉我原因。"

奈杰尔能看出来,男孩敏捷却缺乏经验的大脑早已在努力破解这个谜团。他决定告诉他真相。这个决定日后会产生奇怪的后果,但奈杰尔暂时还没预料到。

"情况有些复杂,"他说,"实际上,莱娜是想保护另外一个人。"

"谁?"

"费利克斯。"

菲尔明亮的脸庞暗了下来,如同一片阴影掠过洁白纯净的湖面。

奈杰尔心里不安地想："人若教小孩去怀疑，将永远埋在腐朽的坟墓里。①"

这时菲尔已经转过脸来，正抓着他的衣袖。

"这不是真的，是不是啊？我知道这不是真的。"

"不是，我不相信是费利克斯干的。"

"那警察相信吗？"

"嗯，你知道，一开始警察必须怀疑所有的人。而且费利克斯干了一些傻事。"

"你不会让他们伤害他，是吧？答应我。"菲尔的请求天真、坦诚，让他那一刻显得像个小姑娘。

"我们会照顾他的。"奈杰尔说，"你不要担心。第一件事是找到那个瓶子。"

"在屋顶上。"

"屋顶上？"

"是的，我带你去看，来吧。"此时菲尔有些迫不及待，他把奈杰尔从椅子上拉起来，自己在前面一路小跑，回到了自己家。奈杰尔跟着菲尔爬过两段楼梯，爬上一架梯子，来到了阁楼窗户跟前，他看着窗外三角形的屋顶，累得气喘吁吁。菲尔用手指着外面，说："在排水槽里，就在那下面。我爬下去拿。"

"别去,我可不想看见你摔死。我们去拿把梯子,靠在房子的外墙上。"

---

① 这两句是英国诗人威廉·布莱克（William Blake, 1757—1827）的诗歌。

174

"没关系，先生，真的没事，我经常在屋顶上爬来爬去。只要把鞋子脱掉，就容易得很，况且我还有绳子。"

"你是说，星期六晚上你爬到那下面，把瓶子放在排水槽里？在黑暗中？"

"嗯，也没那么黑。我想过用绳子系住瓶子，再慢慢滑下去。那样我就必须放掉绳子，绳子很可能会挂在排水槽外面，被人发现。"

说着话，菲尔已经在腰上系好了一圈绳子，绳子是从阁楼里一个旧皮包中拿出来的。

"这儿真是一个藏东西的好地方。"奈杰尔说，"你是怎么想到的？"

"我们有一次打球，不小心把球掉在上面。那天，我和爸爸在草地上打板球，用的是网球，他把球打到了屋顶上，就卡在那里面。所以爸爸就从这个窗户爬出去，把球捡回来了。妈妈吓坏了，怕他掉下去。可是呢，他……他是攀爬高手，这条绳子就是他以前爬阿尔卑斯山用的。"

有个东西在奈杰尔的大脑中使劲敲门，要进去，但门锁住了，他恰好又遗失了钥匙。钥匙会找到的，他有超强的记忆力，连看起来与案件毫无关系的细节，他都能分门别类、妥善保存。奈杰尔的记忆力从没出过问题，只因为此时他正看着菲尔爬出窗外，所以无法专注：菲尔滑到一个烟囱的底部，爬上另一个山墙顶，翻过去，消失不见了。

希望绳子够结实。他腰上系着绳子，应该很安全，可他把绳子系紧了没有？真他妈的见鬼，怎么这么久啊？这孩子很古怪，会不会把绳子解下来，从屋顶上跳下去？万一他真有这样的念头呢……

就在奈杰尔胡思乱想时，传来一声喊叫，接着是令人难熬的寂静。

随之而来的,不是奈杰尔绷紧神经担忧听到的重物落地声,而是微弱清脆的碎裂声。菲尔的脸和手从山墙顶那边露了出来,沾满了污垢。奈杰尔感到无比欣慰,他佯装生气地喊:"你真是个小傻瓜!为什么要往下扔?用梯子多好,可你偏要逞能。"

菲尔满脸灰尘,不好意思地笑了笑:"非常抱歉,先生。瓶子外面有点脏,不小心从我手里滑出去了……"

"知道了,这种事也难以预料,我最好去把碎片捡起来。对啦,瓶子是空的吗?"

"不是,还有半瓶。"

"老天爷!周围有小猫小狗吗?"奈杰尔准备跑下楼,可菲尔突然难受地喊了一声,原来是绑在腰间的绳结太紧,他解不开。奈杰尔只好浪费一两分钟的宝贵时间,爬出阁楼窗户,帮菲尔解开绳子。等他跑下楼,来到外面的草坪上,他已经失去耐性,急得火烧火燎。半瓶子士的宁全洒在了草坪上,任谁想到都没法平心静气。

然而,奈杰尔其实没必要担心,等他跑过房子拐角处,看到了一个奇特景象:布朗特双膝跪地,正用手帕擦拭着草坪,那顶帽子仍直愣愣地立在脑袋上,角度不差分毫。他身旁的小路上,已经有一小堆破碎的玻璃,摆放得整整齐齐。布朗特抬起头来,批评道:"你那个瓶子差点儿砸到我,真不知道你们是在玩什么把戏?你们两个,可是……"

奈杰尔听到身后传来喘气声。菲尔从他身旁跑过,像一阵热风,扑在布朗特身上,又踢又挠,愤怒地想把那条已经弄湿了的手帕抢过来。男孩眼里喷着怒火,表情和身体似乎一下子都变了形,小恶魔似的。布朗特的帽子被打歪了,夹鼻眼镜也从鼻梁上滑落了,但是他处变不惊,一把抓住男孩的胳膊,有些粗鲁地把他推向奈杰尔。

"最好带他进屋,让他洗洗手。我怀疑他手上可能也沾了点儿。菲尔大少爷,下次记着,你得挑个体型相当的人。斯特雷奇威先生,等你把孩子安顿好,我有话要对你说。你可以让他母亲照顾他一会儿。"

菲尔被领进了屋,没有反抗。他的步伐有气无力,嘴巴和眼角抽搐着——像刚刚做了噩梦的小狗。奈杰尔不知道能说什么,他感到除了那个瓶子之外,还有别的什么东西也被打碎了,要花不少工夫才能将碎片拼起来。

11

奈杰尔再次走出屋子,发现布朗特正把弄脏的手帕和破碎的玻璃递给一个警察。地上的液体用抹布擦过,抹布和手帕里的液体拧出来,挤在盆里。

"幸好地很硬,"布朗特淡淡地说,"否则液体渗透进去,那就真要掘地三尺了。就是这东西,没错。"他极其小心地用舌尖碰了碰手帕,"苦的,还能尝到。很感谢你找到了瓶子,但你也没必要往我头上扔。斯特雷奇威先生,欲速则不达啊。对啦,那个男孩为什么要找我拼命?"

"噢,他有点不高兴。"

"我看得出来。"布朗特冷冷地说。

"瓶子的事，我很抱歉。菲尔说，他把瓶子藏在屋顶的排水槽里，我就愚蠢地任凭他爬上去拿。他用绳子把自己系在烟囱上，可就这么滑掉了——我是指瓶子滑掉了，不是烟囱。"

"我的天，瓶子不是滑掉的。"布朗特拍拍膝盖上的尘土，又调整了一下夹鼻眼镜，这才领着奈杰尔走到瓶子掉落的地点，动作慢条斯理得令人恼火，"你看，如果瓶子是滑落的，那它应该落在这个花圃上。实际上，瓶子掉落的地方更远，在草坪边上。他肯定是故意丢下来的。好啦，你不介意的话，我们去那里坐一会儿，你把事情跟我好好说一说，免得被屋里人听见。"

奈杰尔说了莱娜对乔治娅的坦白，还有菲尔星期六晚上爬上屋顶的事。"在某些方面，菲尔反应极其敏捷。他大概以为那个瓶子会定费利克斯的罪。乔治娅说过，他把费利克斯当神一样崇拜。可是，他已经跟我说了瓶子在哪里，所以接下来他只有一个选择，就是帮费利克斯把瓶子毁了：从屋顶上丢下来，用解绳子的事拖延我几分钟，以为等我下楼，里面的东西早就渗入了地里。在他的智力范围内，这符合逻辑，也很聪明。和其他独生子一样，他容易陷入狂热的英雄崇拜，同时又极度不信任陌生人。我跟他说，发现瓶子并不一定就对费利克斯不利，显然，他不信我的话，他甚至会认为是费利克斯杀了他父亲。但他要保护费利克斯，所以，计划失败后，他才会找你拼命。"

"呃……对，这么解释很合理。嗯，好吧，他是个勇敢的小家伙。想想看，在屋顶山墙上爬来爬去！无论有没有绳子，我都不喜欢这么做。我一直讨厌爬高，会引发眩晕症……"

"眩晕症！"奈杰尔喊道，眼睛突然亮了起来，"我就知道我很快能想起来！谢天谢地，我们总算有点儿新发现了！"

"什么发现？"

"乔治·拉特利既有眩晕症，又没有眩晕症。他害怕站到采石场边上，却不害怕阿尔卑斯山。"

"你别和我说谜语……"

"不是谜语，是解谜的答案，至少是找到答案的线索。好了，言归正传，让奈杰尔大叔好好理理脑子里的头绪。你记得吧，费利克斯·莱恩在日记里说，他去过科茨沃尔德区的一个采石场，打算设计一场意外，可乔治·拉特利不愿意走到采石场边上，说他有眩晕症。"

"对，我记得。"

"刚才我和菲尔在阁楼上，我问他怎么会想到把瓶子藏这里，他说，他爸爸以前把一个球打上来了，卡在排水槽里，他爸爸就爬上来拿。还有，他说他爸爸爬过阿尔卑斯山。所以呢？"

布朗特和善的嘴巴紧紧抿成一条缝，眼睛也亮了起来："这说明，不知道什么原因，费利克斯·莱恩在日记里撒了谎。"

"可他为什么要撒谎？"

"我马上就去问他。"

"可他撒谎的动机是什么呢？除了他自己，那日记没打算给别人看。我的老天，他为什么要对自己撒谎？"

"呃，行了，斯特雷奇威先生，你必须承认，说拉特利恐高、有眩晕症，就是在撒谎。"

"对，我承认，可我不觉得费利克斯在撒谎。"

"见鬼，就是他，白纸黑字。还有别的可能吗？"

"我认为，有可能是乔治·拉特利撒了谎。"

布朗特张大了嘴巴，那样子就像一个体面的银行经理，刚听说蒙塔古·诺曼[①]篡改资产负债表被抓住了。

"等等，斯特雷奇威先生，你不会真的这么觉得吧？"

"真的，布朗特警长。我一直认为，拉特利对费利克斯早就有所怀疑，并将怀疑告诉了第三个人，正是这个人杀害了拉特利，顺便将费利克斯当成幌子。那么，出去野营那天，我们假设拉特利对费利克斯产生了怀疑，他很可能早就知道了那个采石场，人们在一个地方生活一段时间之后，常会去同一个地方野营。费利克斯站在采石场边上，喊乔治过去看什么东西，乔治察觉到他声音中的紧张，或者看到他脸色异常，怀疑的火星瞬间变成了火苗。他想，万一费利克斯真要把自己从那边上推下去呢？当然，还有一个可能，他不知道那儿有个采石场，后来，正如日记中所写，费利克斯一时大意说了出来，乔治才知道。无论是哪种情况，乔治都不能仅凭怀疑就去质问费利克斯。他还没有任何证据。他的玩法是，要扮演毫不知情的受害人形象，直至拿到费利克斯蓄意谋杀的证据。同时，他又不敢走到采石场边上去，他必须找个不往前走的借口，同时不引起费利克斯的警觉。他急中生智，

[①] 蒙塔古·诺曼（Montague Norman，1871—1950），英国银行家，曾任英格兰银行行长。

就说，'抱歉，干不了，我不能爬高，我有眩晕症'……有经验的爬山者会自然地想到这个借口。"

布朗特沉默良久，说道："好吧，我不否认这个猜测的合理性。但它就像蜘蛛网，织得好看，却会漏水。经不起检验啊。"

"蜘蛛网本来就不是用来装水的，"奈杰尔尖刻地回应，"它是用来抓苍蝇的。如果你在每天检测血迹和啤酒杯的间隙偶尔休息一下，研究研究大自然，肯定会了解的。"

"那么请问，你这张网抓住了什么苍蝇呢？"布朗特问道，眼里充满怀疑。

"我为费利克斯·莱恩辩护的基础是，假设有第三个人知道他的谋杀计划，或者至少知道他的动机。那个人也许是自己发现的，但这种可能性不大，毕竟费利克斯应该会把日记藏得很隐秘。可是，假设乔治跟第三方说了他的怀疑，也许从一开始就说了，那么你认为，他跟谁说的可能性最大呢？"

"胡乱猜测不会受到起诉，是不是？"

"我不是请你胡乱猜测，我是请你将那高昂的额头后面的机器开动起来。"

"嗯，他不会跟他妻子说。根据目前的信息，他很看不起她。也不会是莱娜，如果像卡尔法可斯说的那样，她真的和乔治分手了。我猜，他可能会告诉卡尔法克斯。不，我看最有可能的人是他母亲，他俩关系很不错。"

"你还忘了一个人。"奈杰尔顽皮地说。

"谁？你不会想说那个小……"

"不。洛达·卡尔法克斯呢？她和乔治……"

"卡尔法克斯太太？你可真会开玩笑。她杀拉特利干什么？何况她丈夫说了，她从不去修理厂，根本拿不到杀虫剂。"

"'她丈夫说'，这话用处不大。"

"我还有证据作为佐证。当然，她可能会在晚上溜进去，拿走一点毒药。但实际情况是，她星期六下午有不在场证明，她不可能把毒药放进药瓶里。"

"这么说，你甚至调查过洛达？有时我真觉得，你是当侦探的料呢。"

"不过是例行调查罢了。"布朗特有些受宠若惊。

"没事，我没说是洛达。正如你刚才所说，老拉特利太太是最有可能的人。"

"我没这么说，"布朗特固执地说，"别忘了费利克斯。我不过是说……"

"好啦，阁下的抗议已被记录在案，我们会予以适当关注。我们目前还是只谈伊瑟尔·拉特利吧。你读过凯恩斯的日记，里头有写到她的动机吗？"

布朗特警长在椅子上调整了一下姿势，让自己坐得更舒服一些。他拿出一支烟斗，却没有点着，只是若有所思地用烟斗摩擦着他圆润的脸颊。

"这个老太太非常看重家族荣誉，是不是？根据凯恩斯的日记，她曾说过'如果涉及荣誉，杀人就不是犯罪'，大概这个意思吧。还有，凯恩斯说，他曾听到她告诫那个小男孩，无论发生什么事，永远不要以家族姓氏为耻。但是，你必须承认，这都算不上证据，难以继续调查下去。"

"是的，这些本身算不得什么。我们要联系其他事实。首先她有作案机会，星期六下午，在乔治结束划船、回家前，家里只有她和维奥莱特；其次，还要考虑乔治和洛达的情况，这个她也知道。"

"你是怎么知道的？"

"我们知道，那天下午，她让卡尔法克斯过去，要求他看住洛达，了结这桩丑闻。卡尔法克斯说，如果洛达提出离婚，他是愿意的，这让她非常生气。现在，我们假设这是老太太最后一次努力，假设她心里已经打定了主意，如果这次失败，她会杀掉乔治，而不会让这桩丑闻和可能的离婚玷污古老家族的至高荣誉。之前她曾请求乔治不要再和洛达胡闹，还请求卡尔法克斯采取强硬措施，两者都失败了。于是她转而诉诸士的宁。你认为这个推测怎么样？"

"我承认，有这种可能，但有两个致命问题。"

"是什么呢？"

"第一，妈妈会为了家族荣耀毒死儿子吗？我不喜欢这种异想天开的猜想。"

"一般情况下不会。可是，伊瑟尔·拉特利是个性情顽固的罗马式老家长，她的思维方式也不太正常，你不能指望她做出正常的行为；她还是一个十足的独裁者，疯狂在意家族荣誉；加上她是维多利亚时代的人，会认为性丑闻罪该万死。这三个因素加起来，咱们就有了一个潜在的谋杀犯。你说的第二个致命问题是什么？"

"据你推测，乔治把怀疑费利克斯的事告诉了母亲。你说凶犯知道河上计划，如果费利克斯失败，那么毒药就是备用方案。好，老拉特利太太只有在请求卡尔法克斯失败的情况下，才打算毒死她儿子。实际上，她的请求很有可能成功。就在她和卡尔法克斯谈话的时候，她儿子却可能在河上被淹死。这不对啊。"

"你把我的两个推测混到一起了。我是猜想，老拉特利太太和乔治都知道费利克斯日记中写的河上计划。但我也说过，他们可能一起讨论过，乔治告诉他妈妈，他要扮演受害人的角色，以便获得费利克斯蓄意谋杀的证据，到了关键时刻，他会彻底摊牌，告诉费利克斯日记已经在律师手上。实际上，乔治绝不会让自己被淹死，这一点她母亲也清楚。不过，如果她说服不了卡尔法克斯，她就会再下毒。"

"是的，当然，当然有这种可能。呃……好吧，这案子真奇怪。老拉特利太太、维奥莱特·拉特利、卡尔法克斯和费利克斯，他们都有动机和机会谋杀乔治。还有罗森小姐，她也有机会，不过很难看出她的动机。而且他们都没有不在场证明，这也很怪。如果有个清清楚楚、不可辩驳的不在场证明，我会高兴得多。"

"那么洛达·卡尔法克斯呢？"

"很难做到。那天上午十点半到下午六点，她在切尔滕汉姆打网球锦标赛，后来她又去了犁头餐厅，和朋友聚餐，过了九点才回家。当然，我们还在核实这些细节，但目前看来，没有任何证据表明她可能在下午偷偷溜回来。那不是什么大型比赛,她不上场的时候,要么在做裁判,要么在和熟人聊天。"

"嗯,看来她已经被排除在外了。好吧,我们现在该怎么办?"

"我必须再跟老拉特利太太谈谈。我本来就准备去找她的,结果走到半路,你把瓶子丢到了我的头上。"

"我可以一起去吗?"

"可以,但是请让我负责谈话。"

12

这是奈杰尔第一次有时间冷静地打量乔治的母亲。那天上午在维奥莱特的卧室里,气氛紧张、情绪激动,他无法冷静思考。此刻,伊瑟尔·拉特利站在自己房间中央,向他伸出一条胳膊,厚重的黑色布幔重重叠叠,呈弧形从胳膊上垂下来,让她看起来活像一个模特,正摆着死亡天使的造型。那张脸大而严厉,除了恰如其分的哀悼神色,看不出更多的悲痛、自责、怜悯或恐惧。与其说她像模特,倒不如说她更像雕像。奈杰尔想,在她内心深处,有一个冷酷无情的内核,某个反生命的原则。她的手碰到了奈杰尔,他注意到她前臂有一颗大黑痣,几根很长的毛发从痣上长出来。这不是令人愉快的东西,但似乎是她身上唯一具备人性的东西。接着,她冲布朗特微微颔首,走到椅子边,坐了下来。刚才的幻觉立即消失了,她不再是死亡天使,不再是黑色石柱,只是一个笨拙的老太太,一双过分粗短的腿颤颤巍巍,似乎撑不住那庞大的躯体。这时，老拉特利太太率先讲话了，奈杰尔杂乱的思绪戛然而止。她腰杆笔挺地坐在高背椅上，掌心向上放在膝头，对布朗特说道："警长，我已认定，这件悲伤的事是个意外。这样对所有人都是最好的。一个意外。因此，我们将不再需要你们的服务。你什么时候方便，把你的手下从我家撤走？"

布朗特阅历颇多，性情淡定，不会轻易受到惊吓。就算感到震惊，也极少能从他的表情上看出来。然而这次，他毫不掩饰地冲着老太太张口结舌。奈杰尔拿出一根香烟，又急忙放了回去。他想，疯了，这女人真疯了。布朗特很快恢复了对舌头的控制，礼貌地问道："夫人，你为何认为这是一场意外？"

"我儿子没有敌人。拉特利家的人不会自杀。因此，唯一的解释就是意外。"

"夫人，你是说，你儿子意外地将一些杀虫剂放入自己的药瓶，并且喝了下去？这样的解释你不觉得……不太可能吗？他怎么会做出这样反常的事情呢？"

"我又不是警察。"老太太极其傲慢地说，"我认为，找出细节是你们的工作。我现在要求你们尽快去做。你应该明白，家里到处都是警察，对我的生活极其不便。"

奈杰尔想，我要是跟乔治娅说这事儿，她肯定不信。这番对话应该非常有趣，但不知何故并不是。布朗特语气柔和却暗含锋芒地说："夫人，你为什么如此迫切地想说服我，还有你自己，这是场意外呢？"

"当然是希望保护我家族的声誉。"

"比起公正,你更关心声誉?"布朗特加重语气问。

"这样说太无礼了。"

"也许有人会说,你指挥警方如何查案更加无礼。"

奈杰尔忍不住想当场喝彩。布朗特发挥出了顽强的誓约精神。夫拉特利者,何足道哉①。听到出人意料的反驳,老太太脸上一红,她低头凝视着已经和肉手指长到一起的婚戒,说:"警长,刚才你说公正?"

"如果我告诉你,我们可以证明你儿子是被人谋杀的,你难道不希望谋杀者受到制裁吗?"

"谋杀?你能证明?"老拉特利太太沉闷如铅地说。随后,她蹦出来一个字:"谁?"声音就像熔化的铅水。

"这个嘛,目前还没查出来是谁。如果你愿意帮忙,我们也许能找到正确答案。"

布朗特开始给她复述星期六晚上发生的事。奈杰尔思绪飘忽,突然注意到右手边半圆形桌子上的一张照片。照片镶着金色花框,两侧放着各种奖章,前面有一碗永生花,后面则有两只高花瓶,瓶里的玫瑰插得乱七八糟,花瓣已经开始凋零。不过,奈杰尔感兴趣的不是这些遗物,而是照片里的男人。那是个年轻男子,穿着军装,毫无疑问是老拉特利太太的丈夫。他上唇留着毛茸茸的短须,两鬓留着长长的络腮胡,但遮不住他纤细、犹疑、多心的脸庞。他不像士兵,更像是十九世纪九十年代的诗人,样貌与菲尔极为相像。奈杰尔暗自对着照

---

① 原文为拉丁文。

片说：好吧，如果我是你，面对要么在南非战死，要么与伊瑟尔·拉特利共度余生的两难境地，我也宁愿选择早点死。你的眼睛真是奇特，人们常说，精神疯狂会隔代遗传。看看你和伊瑟尔的样子，难怪菲尔的神经异常敏感。可怜的孩子。我想再深入挖掘一下这个家族的历史。

布朗特警长问："星期六下午，你见过卡尔法克斯先生？"

老太太脸色一变。奈杰尔下意识地抬起头，以为能看见乌云遮日，可房间里所有的帘子都放下来了。

"是的，"她说，"但这和你没什么关系。"

"有没有关系，我自会判断。"布朗特冷冷地说，"你拒绝说出你们谈话的内容吗？"

"没错。"

"你要卡尔法克斯先生了结他妻子和你儿子之间的纠葛，你指责他纵容妻子不轨。他说如果妻子提出离婚，他会同意的，然后你辱骂了他，措辞……不堪入耳。你不会否认吧？"

布朗特滔滔不绝地说着，老拉特利太太的脸色由红变紫，开始抽搐。奈杰尔以为她会号啕痛哭，她却用震怒的声音吼道："那人就是个皮条客，我当着他的面就是这么讲的。流言蜚语已经够丢人的了，他还有意鼓励……"

"既然你如此反对，为什么不直接跟你儿子谈？"

"跟他谈过，但他性格固执，像我。"她说，语气中暗含骄傲。

"你有没有觉得，因为这件事，卡尔法克斯先生对你儿子耿耿于怀？"

"什么？没有……"老拉特利太太突然打住了，眼中现出狡黠的神情，"至少我没发现。不过，我当时肯定异常激动，而他那种假惺惺的态度非常奇怪。"

老毒舌妇，奈杰尔心里说。

"你们见面后，卡尔法克斯先生直接离开了房子吧。"就像和卡尔法克斯谈话时一样，布朗特略微强调了"直接"二字。

这就是个诱导式问题，真坏，奈杰尔想。

老拉特利太太说："对，我想是的。不过我想起来了，他应该不是直接出去的，当时我刚好站在窗边，他离开我之后一两分钟，我才看到他沿着车道走了。"

"你儿子肯定跟你说过费利克斯·莱恩的日记吧？"布朗特使用了一个古老的伎俩：趁对方注意力还停留在某处，冷不丁地抛出一个完全不相干的重要问题。可惜，他的策略收效甚微，除非老拉特利太太那副冷冰冰的高傲神情是刻意为之。

"莱恩先生的日记？我不知道你在说什么。"

"你儿子难道没告诉过你，莱恩先生企图谋杀他？"

"警长，别大吼大叫，我不习惯被人质问。至于你说的日记，也太离谱了……"

"夫人，日记是真的。"

"既然如此，难道你不该终结这令人不快的谈话，去抓捕莱恩先生吗？"

"夫人，慢慢来。"布朗特语气和她一样生硬，"你留心过你儿子和莱恩先生之间的敌意吗？莱恩先生在这个家庭中的位置，有没有让你感到疑惑？"

"我完全明白，他是为了可恶的莱娜才会留在这儿。这件事我不愿说太多。"

她以为乔治和费利克斯之间的摩擦是因为莱娜，奈杰尔想。他目光低垂，问道："上星期，维奥莱特和她丈夫吵架的时候，究竟说了什么？"

"斯特雷奇威先生！要把家庭琐事统统翻出来说一遍吗？我认为既不体面，也没有必要。"

"琐事？没有必要？如果你认为那些事微不足道，你为什么在那天上午对菲尔说，'你母亲需要我们全力帮助。你看，警方会发现上周她和你父亲吵架的情况，她都说过什么话，这会让他们觉得'——觉得什么呢？"

"这件事，你最好去问我媳妇。"老太太就此打住。布朗特又问了几个问题，然后起身要走。

奈杰尔不经意走到那个半圆形桌子前，抚摸着相框的边缘，说："拉特利太太，这是你丈夫吧？他在南非打仗时牺牲了对吗？是哪场战争？"

这句无伤大雅的话却起到了电击一般的作用。老拉特利太太站起身，从房间那头疾行过来，速度快得可怕，像只昆虫，仿佛有五十只脚，而不是两只。伴随着樟脑丸的气息，她的身躯已经挡在奈杰尔和照片之间。"年轻人，把手拿开！你在我家里摸来摸去、到处打听，还没问够吗?"她喘着粗气、紧握拳头,听着奈杰尔向她道歉。然后她转向布朗特,说:"警长,铃就在你旁边。麻烦你拉一下铃,用人会带你们出去。"

"谢谢,夫人,我们自己出去吧。"

奈杰尔跟在布朗特身后下了楼,来到花园里。布朗特吁了口气,用手抹抹额头:"直言不讳地说,这老东西真厉害,让我感到厌恶。"

"没事,你刚才很勇猛,敢做但以理①呢。接下去怎么办?"

"我们没取得进展,一点进展都没有。她要我们把一切当成意外,我说可能是卡尔法克斯干的,她上钩了,马上改口,说卡尔法克斯不是直接离开房子的——反应有点太明显了。这件事究竟谁说得对,我们还要查一查,但很可能会听到别的解释。另一方面,她不愿意多谈费利克斯和维奥莱特。我的直觉告诉我,她是真不知道凯恩斯的日记。对你的推测来讲,这可是当头一棒啊。她执着于维系家族声誉,但这点我们早就知道。她暗示卡尔法克斯的嫌疑,很可能只是因为她憎恶他。就算是她杀了乔治,她也没露出半点马脚。我们兜了一圈,又回到了起点。不管你喜不喜欢,还是回到了费利克斯身上。"

"不过呢,还有一件事,值得我们再查一查。"

"你是说乔治和他妻子的争吵?"

"不,他们的争吵恐怕查不出什么来。维奥莱特可能有些歇斯底里,说了些威胁的话,但是,一个女人如果十五年来都对丈夫言听计

---

① 但以理,圣经中的先知,以自信、勇敢、明辨是非而闻名。

191

从，她不太会突然站起来把他杀掉的。这不符合她的性格。不，我要说的事情，福尔摩斯的搭档华生可能会描述为《老太太和照片的离奇故事》。"

13

布朗特想去找维奥莱特·拉特利谈谈。奈杰尔离开他，返身回宾馆。到了宾馆，乔治娅正和费利克斯在花园里喝茶。

"菲尔呢？"费利克斯问道。

"在他家。我想，他母亲迟些会带他过来。刚刚发生了一些事。"奈杰尔讲述了菲尔在屋顶上演的那场戏，还有他如何试图毁掉那个瓶子。奈杰尔说话的时候，费利克斯越来越急躁，最后再也无法抑制自己。

"该死。"他喊道，"你们就不能不把菲尔扯进来吗？真让人感到恶心，一遍一遍去折腾一个小孩子。我不是说你，我是说布朗特那个家伙，他就不明白，这样做对一个高度敏感的孩子会造成多大伤害。"

此前奈杰尔没有意识到，费利克斯的神经会绷得这么紧。他见过费利克斯在花园里漫步，和菲尔一起读书，与乔治娅谈论政治。他算得上和善、安静，有些内向，偶尔也会充满自信，流露出玩世不恭的幽默。要和他生活恐怕会不太容易，但他确实挺讨人喜欢，就算是在他最烦躁、最封闭的时刻也不例外。费利克斯一发脾气，奈杰尔才意识到，费利克斯背负的嫌疑如乌云压顶，太沉重了。

奈杰尔温和地说："别担心，布朗特没你想得那么糟，他挺有人性的。让菲尔经历这些，恐怕是我的错。有时候，我会忘记他还是小孩子，几乎要把他当成同龄人了。而且，是我硬把他拽去屋顶的。"

接下来是一阵沉默，无人开口。乔治娅从随身烟盒里抽出一根香烟。对面的圆形花圃中，蜜蜂飞舞在大丽花间嗡嗡作响。远处，一艘驳船发出了悠长而哀伤的笛声，让水闸看守人知道它快来了。

"最后一次看到乔治·拉特利，"费利克斯喃喃自语道，"他穿过那边水闸门口的花园，把花都踩坏了。他心情很糟，任何东西挡他的路，他都会去踩。"

"对这种人，是该采取点行动。"乔治娅同情地说。

"已经行动了。"费利克斯的嘴巴紧闭成一条线。

"调查得怎么样，奈杰尔？"乔治娅问道。丈夫苍白的脸、紧皱的眉、淘气地挂在前额上的一缕头发、孩子一般倔强噘着的下唇，这一切都让她心疼不已。他太累了，他就不该接下这个案子。她希望拉特利一家子、莱娜、费利克斯，甚至菲尔都统统滚蛋，有多远滚多远。但她的声音依旧镇定平和，听不出感情色彩。奈杰尔不喜欢别人心疼他。还有费利克斯，他先后失去了妻儿，乔治娅不想让他听出自己声音中妻子般的柔情，那是一种不会再属于他的爱。

"怎么样？不怎么样。这案子看起来明明白白，实际上棘手得很。谁也没有不在场证明，每个人都可能是凶手。不过，用布朗特的话说，我们会搞明白的。对了，费利克斯，乔治·拉特利根本没有眩晕症，你知道吗？"

费利克斯眨眨眼睛，脑袋歪到一边，像一只鸫鸟，用眼角观察着

193

周围的动静。

"没有眩晕症?谁说他有?哎呀,天哪,我都忘了,采石场的事。那他为什么要说自己有呢?我不明白。你们确定吗?"

"相当确定,你看出其中的含义了吗?"

"我想,含义就是,我在日记里顽皮地撒了谎。"费利克斯坦白道,胆怯又谨慎地凝视着奈杰尔。

"还有一个可能,乔治早就怀疑你动机不纯,或者说,那时候刚开始怀疑你,所以说自己不能爬高,这样他就能和你保持距离,又不会引起你的警觉。"

费利克斯转脸对乔治娅说:"你一定听不明白吧?我们在说,有一次,我想把乔治从采石场悬崖边推下去,但最后没有成功。真可惜,要是当时成功了,会替大家省去很多麻烦。"

他口气轻浮,令乔治娅不适。但这人实在太可怜了,她想,他神经紧张,也没有办法。她清楚地记得,自己曾处于同样的困境,是奈杰尔帮她走了出来。奈杰尔也会拯救费利克斯,如果还有人能救他的话。她瞥了一眼丈夫,他正看着地面,像喝醉了酒,这表示他的大脑在超负荷工作。亲爱的奈杰尔,乔治娅在心中默念,亲爱的、亲爱的奈杰尔啊。

"你了解老拉特利太太的丈夫吗?"奈杰尔问费利克斯。

"不了解,只知道他是个士兵,在南非战争中牺牲。我得说,那样也算是从伊瑟尔·拉特利的魔爪中解脱了。"

"是啊,不知道怎么才能了解他的信息。我在退伍军人圈子里没有熟人。对啦,你那个朋友怎么样,你日记开头提到过,史彭厄姆、史弗兰姆、史弗纳姆……对了,史弗纳姆将军。"

"这就像是说,'你从澳大利亚来的?我在那边有个朋友叫布朗,你见过他吗'?"费利克斯戏言道,"我不认为史弗纳姆将军会知道西里尔·拉特利这个人。"

"试试无妨。"

"为什么?我不明白,有这个必要吗?"

"我有种奇怪的预感,深入了解拉特利家族的历史,也许会有所发现。今天下午,我问了老拉特利太太一个很普通的问题,她却大发雷霆。我想搞清楚为什么。"

"你去别人的家族历史里翻旧账,可不太体面,"乔治娅说道,"看样子我嫁了一个勒索犯。"

"听我说,"费利克斯若有所思道,"我认识陆军部一个小伙子,如果你真想了解情况,他能帮你查查档案。"

这是个好心的提议,但奈杰尔的回答可谓不近人情。他用友好又严肃的语气问道:"费利克斯,你为什么不想让我见史弗纳姆将军呢?"

"我……你真是荒唐透顶,我一点儿也不反对你去见他。我只是提供一个更务实的方法,让你获得你要的资料。"

"好吧,对不起。我没有恶意,别往心里去。"

气氛一时有些尴尬,大家都沉默着。奈杰尔显然不相信费利克斯的话,也知道费利克斯能看出来。过了一会儿,费利克斯露出了微笑。

"我确实有顾虑。实际上,我很喜欢那个将军老头。我想,是我不自觉地在抗拒,我害怕被他知道我的阴暗面。"费利克斯苦笑着,"一个谋杀犯，还是谋杀未遂。"

"这恐怕迟早都要公开。"奈杰尔通情达理地说，"要是你目前不想让史弗纳姆将军知道这件事，我可以单独问他西里尔·拉特利的事，不把你扯进去。只需要你牵线介绍就好。"

"那好吧，你准备什么时候去？"

"我想，明天吧。"

又是一阵漫长的沉默。这令人焦虑的寂静，好像一场将至未至的暴风雨，就在大家以为即将云开日出的时候，它却再次来临。乔治娅看到费利克斯全身颤抖，最后，他满脸通红、表情痛苦，声音高得很不自然，好像坠入爱河的人终于鼓足勇气要开口表白。

他说："布朗特……要逮捕我吗？这种悬而不决的状态，我再也受不了啦！"他手指蜷缩又展开，垂在椅子两侧，"我想马上去坦白，只求快点结束这一切。"

"这主意不坏，"奈杰尔沉思着，"你去坦白吧。可人又不是你杀的，布朗特会把你的坦白撕碎，将你驳斥得体无完肤，说服自己杀人犯不是你。"

"奈杰尔，看在老天的分儿上，别这么冷酷！"乔治娅严厉地喊道。

"对他来说那是游戏，就像挑游戏棒一样。"费利克斯轻声笑道，他似乎已经恢复镇定。奈杰尔感到很不好意思，他不小心就会把心里话大声说出来，这毛病一定要改。

他说："我不认为布朗特目前想抓捕谁，他很细心，一定要有充分的证据才行。你要记住，警察如果抓错人，对他一点好处也没有，他绝不会原谅自己的。"

"那好，希望等他做出决定的时候，你发射一枚信号弹给我，然后我就刮掉胡子，跛着脚，悄悄溜过警戒线，坐船去南美洲。侦探小说里的逃犯都去那儿。"

乔治娅感到泪水刺痛了双眼。费利克斯试图拿自己的困境开玩笑，实在是目不忍视，不过也令人难堪。他有勇气，却不是开这种玩笑需要的勇敢。这些话过于露骨，而且他看上去已经感到了疼痛。他显然迫切地需要别人的宽慰，奈杰尔为什么不宽慰他？又不是什么难事。乔治娅灵光一现，说："费利克斯，为什么不让莱娜今晚过来呢？我今天跟她谈过，你知道吗，她很信任你。她爱你，想帮助你，急得茶饭不思。"

"我现在是嫌疑犯，不能和她有任何关系，这对她不公平。"费利克斯态度倔强又高傲地说。

"但是公不公平得由她说了算。你杀没杀拉特利，她根本就不在乎，她就想和你在一起。可你呢，坦白说，你伤透了她的心。她不要你的骑士精神，她就想要你。"

乔治娅说话时，费利克斯的脑袋扭来扭去，好像身体被绑在椅子上，而她的话就像砸到他脸上的石头。但他不愿意承认，那些话让他有多么难过。他退缩回逃避型人格，生硬地说："恐怕我现在不能谈这事。"

乔治娅朝奈杰尔投去祈求的目光。这时，砂砾车道上传来了脚步声，三个人都抬起头来，心中暗暗松了口气。布朗特警长正沿着车道走过来,身边是菲尔。

乔治娅心想,谢天谢地,菲尔在这儿,他就是大卫,来给我们心情不好的扫罗王①施魔法啦。

奈杰尔想,为什么是布朗特带来菲尔?之前不是维奥莱特·拉特利去的吗?是因为布朗特发现了维奥莱特的什么秘密吗?

费利克斯则想,这警察带着菲尔来干什么?天哪!他不会逮捕菲尔吧?当然不可能,别傻了,如果要逮捕菲尔,就不会把他带到这里来。可是看见这两个人在一起……费利克斯觉得,这事儿再这么拖下去,自己准会发疯。

14

布朗特趁着和奈杰尔独处的时候,告诉他:"我和拉特利太太进行了一场非常有趣的谈话。"

"维奥莱特说了什么?"

"我先问她和丈夫吵架是怎么回事,她倒是开诚布公,至少我印象是这样。他们显然是因为卡尔法克斯太太的事情吵架的。"

话说一半,布朗特戏剧性地停顿了一下,产生了一种强调效果。奈杰尔盯住了手中的烟头。

---

① 圣经人物,以色列王,受恶魔侵扰时,大卫曾弹琴安慰他。见《圣经·撒母耳记上》第 16 章第 14-23 节。

"拉特利太太要她丈夫停止和洛达·卡尔法克斯继续苟合——你要说婚外情什么的也成。她说的时候,并没有强调她个人的看法,而是强调此事对菲尔造成的伤害。看起来菲尔知道这件事,当然他不可能都明白。乔治直截了当地问她,她是不是想离婚。维奥莱特说,她当时正在阅读一本小说,讲的是父母离婚后两个孩子的故事。她把小说当真了,有这样的人,是不是?不管怎么说,孩子们,我是指书中写的那两个孩子,由于父母离婚,精神倍感痛苦。其中有一个孩子是个瘦弱的小男孩,让她联想到菲尔。所以她对丈夫说,无论如何,她都不会同意离婚的。"

布朗特深吸一口气,奈杰尔耐心等待着。他太清楚了,布朗特这个苏格兰人绝不会在讲述中给听者留任何想象空间。

"拉特利太太的态度让她丈夫变得越来越暴躁,尤其是对菲尔。毫无疑问,小男孩把爱全给了维奥莱特,这让他感到憎恨。但我想,他更憎恨的是,菲尔和他完全不同。如果让我评价,我认为菲尔气质比他精致得多。他想打击维奥莱特,他知道打击她最好的方法就是通过菲尔,于是他突然说,他决定不送菲尔去上公立学校,等义务教育年限满了,他就直接让菲尔进修理厂上班。拉特利是不是认真的,我不知道,但他妻子当真了,两人发生了激烈争吵。中间她说,如果他胆敢毁掉菲尔的前途,她宁愿先把他弄死。老拉特利太太显然听到了这句话。不管怎么说,两个人吵得不可开交,最后乔治脾气完全失控,开始殴打老婆。菲尔听见母亲的喊叫,冲进了房间,试图阻止他父亲。场面极度混乱……嗯哼。"布朗特毫无情感地做了个结语。

"这么说，维奥莱特也有嫌疑？"

"不，不是这个意思。你看，情况是这样的，两个人吵架之后，她求助于老拉特利太太，让她说服乔治，不要把瘦弱的菲尔送进修理厂工作。你应该注意到了吧，老太太是势利眼，所以这次她同意了维奥莱特的想法。我问过老太太，她说，她让乔治允诺让菲尔继续学业。所以，维奥莱特杀害丈夫的动机就不存在了。"

"动机也不会是妒忌卡尔法克斯太太，对吧？如果是那样，维奥莱特应该去毒死她，而不是乔治。"

"都很合理，但也只是推测。"布朗特继续说他冗长的调查进展，"在和维奥莱特谈话的过程中，另一个信息浮出了水面。我问她星期六下午的事，卡尔法克斯和老拉特利太太谈话结束之后，又与维奥莱特说了几句话，然后，维奥莱特看着他离开自己家。所以卡尔法克斯根本没机会给乔治下毒。"

"那我们之前问他是不是直接离开的，他为什么要撒谎？没必要啊。"

"严格来讲，他没有撒谎。还记得吗？他说的是，'如果你是要问，我有没有绕一下路，好把士的宁放进拉特利的保健品里，我的答案是没有'。"

"他在玩文字游戏。"

"对啊，我同意。但他之所以玩文字游戏，是不想提及他和维奥莱特的简短谈话。"

奈杰尔竖起了耳朵。现在，他们总算有点进展了。"他们的谈话内容是什么呢?"他问。

回答前,布朗特又一次故意停顿,以示强调。然后,他摆出一副法官的神情,说:"幼儿福利。"

"你是说,菲尔的福利?"奈杰尔疑惑地问。

"不,我是说幼儿福利。"布朗特眼里闪了一下。他能开奈杰尔玩笑的时候不多,所以一有机会,他就要充分利用,"根据维奥莱特·拉特利的说法,当然,我看不出有什么理由不相信她,他们计划在这儿设立一家幼儿福利中心。当地部门拨款,余下经费则通过私人募集。拉特利太太是筹款委员会的成员,卡尔法克斯先生来告诉她,他想捐赠一笔数额可观的钱,但要匿名。他这种男人,左手在干什么,都不会让右手知道,所以他是不愿意让别人知道他和维奥莱特·拉特利的对话的。"

"我的老天,'与天真的心灵甜美相逢[①]'。这么说,卡尔法克斯出局了。对了,去见老拉特利太太的路上,他有没有可能溜进厨房?"

"这个可能性已经排除了。刚才来的时候,我和菲尔聊了几句。事情是这样的,卡尔法克斯先生进来时,他在餐厅里,门是开着的,所以他看到卡尔法克斯穿过大厅,直接上了楼。"

"看来,最后又得回到老拉特利太太身上。"奈杰尔说。

他们在宾馆花园的河岸边来回踱步。左前方大约十几码的地方,有一小片月桂树。奈杰尔无意中发现,灌木丛发出了轻微动静,这在

[①] 语出英国诗人约翰·济慈(John Keats, 1795—1821)十四行诗《哦,孤独》。

无风的夜晚并不寻常。他想,也许那里面有一只狗。如果他去一探究竟,有些人的生命轨迹可能会因此彻底改变。但他没去。

布朗特的声音高了起来,像是在争辩。"斯特雷奇威先生,你真倔强,但你不能说服我目前的证据没有指向费利克斯·莱恩。我承认,怀疑老拉特利太太有些道理,但那种推论可能有些过于离奇了。"

"所以你要逮捕费利克斯吗?"奈杰尔说。他们已经掉过头,又一次从那片灌木丛旁经过。

"还有其他选择吗?他有犯案机会,作案动机比乔治母亲充分得多,而且几乎已经亲口招供了。当然,还有一些例行手续要完成,可能有人目击了他从修理厂拿了杀虫剂,对此我还抱有一丝希望。也许我们还能从拉特利家他住过的房间里发现一些细微痕迹,虽然目前还没发现。瓶子碎片上可能有指纹,尽管可能性不大,毕竟瓶子在排水槽里浸泡过,而且一个写侦探小说的人,留下指纹的可能性极小。所以,我不会马上逮捕费利克斯。不过他会被监视,而且你很清楚,罪犯露出致命错误,往往发生在谋杀之后,而不是谋杀之前。"

"那好吧,我想也只能这样了。不过,明天我要去见一个将军,名叫史弗纳姆。如果回来时仍一无所获,我也绝不会感到意外。布朗特警长,请你做好案件调查再次受挫的心理准备。我相信问题的答案就在费利克斯·莱恩的日记中,只要我们知道上哪儿找、怎么找。我相信答案一直就摆在我们面前,所以我要去了解拉特利的家族历史。我有预感,这会让我们重新理解日记中我们之前没有留意的话。"

15

当天晚上，乔治娅已经休息了。她知道这时候去打扰奈杰尔没用，他状态紧张、神情恍惚，对她视而不见，好像她是块透明玻璃。可她心里想，真希望当初他别管这个案子啊，他太累了，说不定快精神崩溃了。

奈杰尔坐在宾馆写字室里的一张书桌前。这是他一个特殊的怪癖：在宾馆写字室里，他的大脑工作效率更高。他面前放着几张纸，他慢慢地写着……

第一张纸

莱娜·罗森

获得毒药的机会？

有。

给保健品下毒的机会？

有。

谋杀动机？

1. 出于对维奥莱特和菲尔的爱，想除掉正在毁掉他们生活的乔治·拉特利。不充分。2. 个人对乔治·拉特利的憎恨。两人之前的分手，还有对他杀害马迪·凯恩斯的震惊。不，荒谬。莱娜的心现在都在费利克斯身上。3. 钱。乔治·拉特利的钱是平均分给妻子和母亲的，他没有很多遗产。莱娜·罗森出局。

第二张纸

　　维奥莱特·拉特利

　　获得毒药的机会？

　　有。

　　给保健品下毒的机会？

　　有。

　　谋杀动机？

　　受够了乔治。1. 因为洛达；2. 因为菲尔。但是菲尔的事已经谈好了，而且维奥莱特忍受了乔治十五年，为什么要突然爆发？如果动机是嫉妒洛达，那她会毒死的人不是乔治，是洛达。维奥莱特·拉特利出局。

第三张纸

　　詹姆斯·哈里逊·卡尔法克斯

　　获得毒药的机会？

　　有。（比其他人机会都多）

　　给保健品下毒的机会？

　　看来没有。星期六他直接进了伊瑟尔·拉特利的房间，菲尔可以做证。下来和维奥莱特谈话，后者看着他离开房子，证人是维奥莱特。此后有可靠的不在场证明，有科尔斯比的调查为证。

　　谋杀动机？

　　嫉妒。但是，正如他向我们指出的，如果他想让乔治和洛达之间的关系终止，他可以威胁乔治停止合伙关系，经济上他处于支配地位。卡尔法克斯似乎可以出局。

第四张纸

　　伊瑟尔·拉特利

　　获得毒药的机会？

　　有。(尽管她比其他人去修理厂更少)

　　给保健品下毒的机会？

　　有。

　　谋杀动机？

　　疯狂在意家族名声。她可以不择手段，去结束乔治和洛达之间的绯闻，尤其是要避免离婚丑闻。她请求卡尔法克斯介入，但卡尔法克斯告诉她，如果洛达要离婚，他是会同意的。他对维奥莱特和菲尔的行为表明，她生性强势，是相信"强权即公理"的独裁者。

　　奈杰尔认真地看着每张纸，将它们撕成了碎片。他灵光一闪，又拿过一张纸，开始写起来……

　　我们会不会忽略了维奥莱特和卡尔法克斯之间的关系？他们各自为对方提供了不在场证明(事实上和心理上)，这点在某种程度上挺有意思。在四人当中，卡尔法克斯最容易拿到杀虫剂，维奥莱特可以把杀虫剂放进保健品里。双方对各自的伴侣感到失望，于是走到了一起,倒也不难想象。那他们为什么不干脆一走了之呢?有什么理由要大张旗鼓地毒死乔治?

可能的答案:乔治肯定不愿和维奥莱特离婚,洛达对卡尔法克斯也一样。两人如果私奔,菲尔就落入了乔治和伊瑟尔·拉特利之手,这一点维奥莱特不能容忍。合理。我们必须更深入地调查维奥莱特和卡尔法克斯之间的关系。不过,下毒和费利克斯蓄意谋杀发生在同一天,除非是纯粹巧合(无法想象),否则谋杀犯肯定知道费利克斯的计划——要么是乔治说的,要么是发现了那本日记。就维奥莱特和卡尔法克斯来说,从乔治嘴里听说这件事是不可能的,但维奥莱特有可能发现那本日记。

结论:不能无视卡尔法克斯和维奥莱特之间是共谋的可能。值得注意的是,只要我在拉特利家,卡尔法克斯就不在那儿。卡尔法克斯是拉特利家的朋友,是维奥莱特丈夫的合伙人,按理会在场,他可以安慰维奥莱特。实际上他并没有这样做,也许说明他不愿意给我们任何机会,去怀疑他们两人之间的不当关系。另一方面,和布朗特谈话时,卡尔法克斯的态度极其开放、坦诚、一致,同时又与日常谈话有别,令人不得不信。对于被害人,罪犯要一直保持虚假的道德立场,是很困难的,比只执行预先做好的计划(不在场证明、隐藏动机等)困难得多。目前来看,我倾向于相信卡尔法克斯是清白的。

这样只剩下伊瑟尔·拉特利和费利克斯。表面看来,费利克斯目前嫌疑最大。手段、动机……甚至连意图都坦白了。但日记本身出现了漏洞。费利克斯也许准备了第二个武器(毒药),以防他的河上计划失败，这点可以想象（也只能想象而已）。实际上，我自己都无法相信，他会疯狂或冷血到要准备如此复杂的谋杀策略。假设他真的这么做了呢？在帆船上乔治和他摊牌，告诉他日记已经到了律师手里，乔治一死日记就会公开，如果这时候费利克斯还能成功执行下毒计划，就更加不可思议了。

这样做，等于把脑袋伸进绞绳里，然后跳到半空中。如果费利克斯给乔治下了毒（乔治一死他自己也毁了），那他必然会把下毒的事告诉乔治，或者在晚饭前溜到房子里去把瓶子拿走。当然，除非他因为马迪之死而仇恨乔治到了疯狂的地步，以至于他为了杀死乔治，自己也不惜一死。可是，如果费利克斯根本不在乎自己的性命，那为什么还要去制定谋杀计划，让谋杀看起来像一场溺水事故呢？为什么还要把我请到这里来救他的命呢？唯一答案是，费利克斯没有下毒。我不认为他谋杀了乔治·拉特利，这违反一切可能性和一切逻辑。

那么只剩下伊瑟尔·拉特利了。一个非常邪恶的女人。她会杀了自己的儿子吗？如果真是她，还有办法能够证明吗？乔治的死体现了某种自大嚣张，会让人想到伊瑟尔·拉特利身上去。她没想过要掩人耳目，实际上也没这个必要，因为她知道，大家都会去怀疑费利克斯。星期六下午，瓶子被人动了手脚，她也没想过给自己找个不在场的借口。她把毒药倒进去，大屁股往那儿一坐，就等着乔治喝毒药，然后给布朗特下个命令，把这件事当作意外。"至高无上的执行者、大地的裁决者"，这就是她觉得自己所扮演的角色。下毒手段粗暴简单，和伊瑟尔·拉特利的性格也很吻合。可是动机充分吗？到了关键时刻，她会奉行自己的座右铭'如果涉及荣誉，杀人就不是犯罪'，并采取相应行动吗？也许在回答这个问题之前，我要从老史弗纳姆或者他朋友那儿获得更多材料。与此同时……

奈杰尔疲惫地叹了口气。他扫了一眼刚刚写下的内容，做了个鬼脸，划根火柴把纸点着了。外面大厅里的老钟像得了气管炎，发出一声长长的啸叫，喘了口气，然后宣布已经到了午夜。奈杰尔拿起文件夹，里面还有一份费利克斯日记的复写副本。日记副本打开，那一页上有什么东西吸引了他的注意力。他挺起身体，疲惫的大脑突然警觉起来。他开始翻阅日记，寻找其他的参考。他大脑里开始形成一个不同寻常的想法：符合逻辑、清楚明白、无可辩驳，以至于他自己都觉得难以置信。像人在半梦半醒间写下一首自认为绝妙的好诗，醒来后却在清晨的阳光下黯然失色，甚至不知所云。奈杰尔决定等到早上再说，以他目前的状态，是无法检测其真伪的，那冷酷的结果也让他踌躇不已。他打了个哈欠，站起身，用胳膊夹着文件夹，朝写字室门口走去。

奈杰尔关掉电灯，打开门。外面的大厅死一般黑暗。电灯开关在大厅对面的墙上，奈杰尔手放在前门上，摸索着朝那边走去。他想，不知乔治娅有没有睡着。就在这时候，黑暗中传来"嗖"的一声，有东西从黑暗中飞来，砸中了他脑袋一侧……

黑暗。一个黑色天鹅绒帘子，一束刺眼的灯光突然亮了起来，跳跃、抖动，直至熄灭。奈杰尔观看着烟火芭蕾，却并不好奇，只希望这灯光不要再玩闹，因为他想拉开黑色窗帘，灯光却挡着路。这时，灯光停止了跳跃。黑色天鹅绒帘子还在那儿。现在，他可以朝前走，打开窗帘，不过他背上好像绑着一块硬板，得把这块硬板拿掉。背上为什么会有硬板？有那么一瞬间，他无法动弹，然后迈步朝黑色帘子走去。一阵令人眩晕的疼痛从他脑袋中穿过，烟火芭蕾又开始了，热情奔放、活力四射。他让那舞蹈慢慢跳完。落幕后，他小心翼翼地让大脑重新开始工作。离合器踩太猛，整辆车都会散架。

奈杰尔没法走到那个漂亮的黑色天鹅绒帘子那儿。因为……他站不起来。绑在他背上的硬板，根本不是硬板，是地板。谁能把地板绑在背上呢？不能啊。他此时正躺在地板上。为什么躺在地板上？因为……现在，奈杰尔终于想起来了，是天鹅绒帘子后面跑出来什么东西，给他来了当头一棒，狠狠地来了一下。这么说，自己死了？人死了，却还能意识到存在吗？我思故我在[①]。他还是活下来了，是幸存者中的一员，是不是？死人肯定不会有可怕的头痛。奈杰尔想，他还活着。他用不可反驳、不可辩驳……随便什么吧……的逻辑，证明了这点。好，好，好啊。

奈杰尔把手放到脑袋一侧。黏糊糊的，满手的血。他迟缓地爬起来，摸索着来到墙边，打开灯的开关。突然亮起的灯光让他头晕眼花。等他能够再次睁开眼睛，他环顾着空荡荡的大厅四周。地板上只有一根旧的高尔夫球杆，还有日记的复写副本。奈杰尔意识到自己很冷，这

[①] 法国哲学家笛卡尔名言，原文为拉丁文。

才发现衬衫扣子全部解开了。他把扣子扣好,痛苦地弯下腰,捡起高尔夫球杆和日记副本,慢慢往楼上爬。

乔治娅躺在床上,睡眼惺忪地看着他,问:"嗨,亲爱的。你去打高尔夫了吗?打得开心吗?"

"说实话,不开心。有个菜鸟用这个给我来了一下。不是打板球,也不是打高尔夫。打脑袋。"

奈杰尔对着乔治娅灿烂一笑,然后用优雅的身姿跌倒在地板上。

16

"亲爱的,你不能起床。"

"我肯定要起床,今天上午我还要去见老史弗纳姆。"

"你头上有伤,不能起床。"

"有伤没伤,都得去见老史弗纳姆。让他们送点早饭上来。十点钟车就到了。你要是愿意,就跟我一起去,以免我精神恍惚的时候把绷带扯掉。"

乔治娅的声音颤抖起来:"亲爱的,我之前还一直提醒你要去剪头发,幸好你没去——浓密的头发救了你,还有你的花岗岩脑袋。你不能起床。"

"亲爱的乔治娅,我比以往任何时候都更加爱你,但我一定要起床。昨天我都看到希望的曙光了,就在那家伙用球杆打我之前。而且我有种感觉,老史弗纳姆一定能够……对了,让军人保护我几小时,没什么坏处。"

"为什么……那个人还会再来害你？他是谁？"

"我哪里知道。我不认为这种怪事会再次发生，不会。光天化日之下，他不会。而且，他解开过我的衬衫。"

"奈杰尔，你确定现在没有精神恍惚？"

"很确定。"

在奈杰尔吃早饭时，布朗特警长进来了，他看起来很担心，问："你的好太太刚才告诉我，说你不愿在床上躺着。你确定你等下可以出发？"

"当然可以。我这人，越打越精神。对了，你在球杆上发现指纹了吗？"

"没有，皮革过于粗糙，没法提取。不过我们发现了一件怪事。"

"什么怪事？"

"餐厅的落地窗是锁好的。服务生发誓说，他昨晚十点钟锁好的。"

"这有什么好奇怪的？那个混账总能想办法进来、出去。"

"如果窗户是锁着的，他怎么进来？你是说他有同伙？"

"他或者她，可以十点钟之前进来，然后躲起来，是不是？"

"这倒有可能。可是外人怎么能知道你会一直坐到半夜呢？直到大厅里所有灯都灭了，这样他攻击你才不会被你看见？"

"我明白了，"奈杰尔缓缓说道，"我明白了。"

"看起来对费利克斯相当不利。"

"费利克斯花钱请了一位价格不菲的侦探，然后又用高尔夫球杆敲他的脑袋，这怎么解释？"奈杰尔认真地看着一片面包，问道，"这难道不就是……用他们不太优雅的说法,不就是往自家窝里撒尿吗?"

"也许吧……提醒你,就是个猜测而已,也许他有什么理由,需要你现在行动受限。"

"没错。在攻击者的大脑里,肯定有过这样的念头。你看,他不像是在大厅里练习高尔夫嘛。"奈杰尔取笑着警长。不过,他的确在想,对于和史弗纳姆将军之间的这次会面,对方似乎真的想阻拦。

布朗特仍然一脸焦虑,说:"这还不算完。斯特雷奇威先生,我们在落地窗的钥匙和里面的把手上发现了指纹,在外面的玻璃和把手上也发现了指纹。好像有人一手扶着玻璃、一手抓着把手,把窗户关起来了。"

"我不明白这有什么奇怪的。"

"等等。指纹不是酒店职员的,也不属于任何与本案有关联的人。而且目前只有你住在这儿,没有访客。"

奈杰尔坐起身来,脑袋里传来一阵抽搐的疼痛。

"这么说,不可能是费利克斯。"

"怪就怪在这里。费利克斯有可能把你打倒,再把落地窗锁起来,拧钥匙的时候用一块手帕之类的,让人以为攻击者是从外面进来的。可是,窗户外面的指纹是谁留下的呢?"

"太离谱了,"奈杰尔呻吟道,"又把一个神秘人拖进案子,就在……好啦,你快去想办法吧。这样我和史弗纳姆将军说话的时候,你还有事可做……"

半小时后,奈杰尔和乔治娅坐进了出租车后座。此时,一个女佣进了菲尔的卧室,因为布朗特一大早在宾馆进行调查,她的工作比往常迟……

十一点钟不到,他们的车来到了史弗纳姆将军家门口。前门敞开,他们走进一个非常宽阔的大厅,墙和地板上到处都是虎皮和其他狩猎的战利品。四周都是凶猛的老虎下颌,白牙森森,乔治娅都有些胆怯了。

"你觉得会有仆人每天早上给老虎刷牙吗?"她低声问奈杰尔。

"很有可能。'我双眼蒙眬,他们离世太早'。①"

女佣打开大厅左侧的一扇门。门里传来一台古钢琴纤弱、哀怨、缥缈的声音。有人正在弹奏巴赫的C大调前奏曲,技巧一般。那细小、精致的声音,似乎被大厅里那么多老虎的无声嘶吼淹没了。随着最后一个长长的、颤抖着的哀婉音符,前奏曲结束了,隐身的演奏者开始卖力地演奏赋格曲。乔治娅和奈杰尔痴迷地站在那儿。最后,音乐终于停了。他们听见一个声音说:"干吗不领他们进来啊?可不能让客人站在过道里啊!"

一位年长的绅士出现在门口,穿着灯笼裤和诺福克上衣,戴着一顶粗花呢渔夫帽,他那暗蓝色的眼睛冲他们温和地眨了眨,问:"在欣赏我的战利品?"

"是啊,还有你弹奏的音乐。"奈杰尔说,"这是最美妙的前奏曲,是吧?"

---

① 语出英国剧作家约翰·韦伯斯特(John Webster, 1580—1625)的戏剧《玛尔菲公爵夫人》第4幕第2场。

"很高兴听你这样说。我认为是的,不过我不太懂音乐,我只是自学了一点。几个月前买了这架古钢琴,真是漂亮的乐器。是为仙女跳舞配的那种音乐。你们的名字是什么来着?"

"奈杰尔·斯特雷奇威。这位是我妻子。"

将军与两人都握了手,用明显具有挑逗意味的眼神看向乔治娅。乔治娅冲他笑着,差点没忍住想问一下这位风度翩翩的老绅士,他是不是总是戴着粗花呢渔夫帽弹奏巴赫。在她看来,这身装扮很合适。

"我们有弗兰克·凯恩斯的介绍信。"

"凯恩斯?可怜的人。知道吧,他的小孩被车撞死了,可怕的悲剧。他还没疯掉吧?"

"没有疯,为什么这么说?"

"有一天,发生了一件反常的事情。在切尔滕汉姆,我每周四都会过去喝茶,在班纳思茶室。我先看个电影,然后去喝茶。班纳思有整个英格兰最好的巧克力蛋糕,你们应该尝尝,我总是吃到撑。先不管别的,反正我走进班纳思,我发誓,坐在角落那张桌子边的人就是凯恩斯。小个子,留着胡子。几个月前,凯恩斯离开了这个村子,不过我觉得他离开之前就开始留胡子了。我自己不喜欢留胡子。当海军的时候留过,可自从特拉法尔加海战后就没赢过一场战争,不知道是哪里出了毛病,你看看现在的地中海。刚才我说到哪里啦?对啦,凯恩斯。我认为那个家伙就是凯恩斯,我过去跟他说话,可他拔腿就溜,跟一只白鼬一样,还有一个和他坐在一起的家伙,一个大个子,留着胡子,我看不像什么好人。我是说,凯恩斯,或者说我认为是凯恩斯的那个人,像白鼬一样起身就走,还拉着另外那个人,那个坏蛋,两个人一起。我跟在后面喊他的名字,但他不理不睬,所以我心想,那人恐怕不是凯恩斯。可后来我又想,也许那个人就是凯恩斯,不过他失忆了,像电视里放的那些人一样,你知道那些紧急求救信号吧?所以我才问你,凯恩斯是不是疯了。这个凯恩斯啊,一直有点怪怪的。但我无法理解他为什么跟那个坏人一起到班纳思去,除非他疯了。"

"你记得是哪一天吗?"

"我看看,那个星期……"将军翻了翻他的口袋记事本,"找到啦,是8月12日。"

奈杰尔跟费利克斯承诺过,和将军谈话时,不提及拉特利家的事,但将军自己不经意间就提了起来。这时,他很想在这魔幻的氛围中放松一下。一位退休的老兵弹着古钢琴,一个陌生人头上绑着绷带、带着名声响亮的妻子闯进来,在他看来却再自然不过。史弗纳姆将军已经在和乔治娅热烈地交谈着,谈的是缅甸北部山谷中的鸟类生活。奈杰尔靠在椅子上,试图把将军喝菜时发生的这个奇怪小插曲纳入自己的推理中去。最后,他的思路被将军打断了,只听将军说道:"我看你丈夫最近也在开战啊?"

"是啊,"奈杰尔轻轻摸了一下绷带,"事情是这样的,一个家伙用高尔夫球杆砸伤了我的脑袋。"

"球杆?那我也不觉得意外。如今什么鬼怪都有。高尔夫一直不是什么像样的运动,球放那儿一动不动,就像开枪打一只不动的鸟,一点也不绅士。看看苏格兰人,就是他们引进的,全欧洲最不开化的民族,没有艺术,没有音乐,谈不上有什么诗歌,当然彭斯例外。你再看看他们吃的东西,羊杂碎和爱丁堡石头糖。告诉我一个民族吃什么,我就知道这个民族的灵魂。马球嘛,又是另外一件事。我自己在印度也打过一些,如果把马球里所有困难和刺激的地方全部拿掉,就是高尔夫。庸俗版马球。典型的苏格兰人做法,把什么都拉低到他们庸俗的水平。糟蹋好东西,野蛮人啊。我敢说,用球杆打你的这个家伙,肯定有苏格兰血统。告诉你,他们当兵是好材料,也就这么点好处了。"

奈杰尔不情愿地打断了将军的长篇大论,解释了此行目的:他关心拉特利家的谋杀案,想进一步了解拉特利家族的历史。死者父亲,西里尔·拉特利当过兵,在南非战争中牺牲。如果有人了解西里尔·拉特利的话,能不能请史弗纳姆将军帮忙介绍一下?

"拉特利?天哪,这么说真是他了。在报上看到这个案子的时候,我就想,不知道这家伙和西里尔·拉特利有没有关系。你说是他儿子?那不奇怪。那家人骨子里都有病。来吧,喝杯雪莉酒,我把我知道的告诉你。没事,不麻烦。上午的时候,我总要喝杯雪莉酒,吃块饼干。"

将军大步走出房间,拿着一瓶酒和一盘迷迭香饼干回来了。等大家都取了酒和点心,他开始娓娓道来。他回忆往事时,眼里闪着光。

"关于西里尔·拉特利,有个丑闻。不知为什么报纸没再拿出来炒作,可能与类似的事相比,这件事当时平息得更好。战争初期,他作战勇猛,但等我们开始占上风,他就崩溃了。你知道,他一直紧绷着上嘴唇,心里和大家一样怕得要死,可他这种人打死都不会承认的。后来有一天,他就忽然爆发了。我碰到过他一两次,那是战争早期,布尔人还在打我们，那些布尔人真是了不起。我告诉你们，我是个打打杀杀的老兵，但遇到与众不同的人，我还是看得出来的。西里尔·拉特利就是一个。他太善良，不适合当兵，应该去当诗人。不过那时候他给我感觉就有点儿……现在人怎么说来着？有点儿神经质，还有良知。他的道德负担太重了，凯恩斯也这样，不过那都是题外话。西里尔·拉特利接到命令，带领一个小分队去焚烧几个农场，这件事戳到了他的爆发点。我不清楚全部细节，据说他们去的第一个农场，人员没有按时撤退，还有人在抵抗，拉特利有两名手下牺牲了。其他人就有些失控，他们把反抗者全杀光，放火点着了房子，事先也没仔细问房子里还有没有人。结果，里面还有个妇女，因为孩子生病，没来得及逃走。他们俩就被活活烧死了，母子俩都死了。跟你们说，战争中这样的意外肯定会发生的。我自己也不喜欢，很可怕。而现在，轰炸平民好像变得理所当然。很高兴我老了，不用再去蹚这种浑水了。不管怎么说，这件事彻底打垮了西里尔·拉特利，他拒绝再去摧毁其余农场，带着手下直接回去了。这是违抗军令，因此他受到了处罚。他的军人生涯就此结束，可怜的人。"

"可是，老拉特利太太给我的印象是，她丈夫是在执行任务中牺牲的。"

"根本不是。农场事件之后，他蒙受了处分的耻辱，你知道，他还是很看重军职的。他的心理状态越来越不稳定，总之，后来就疯掉了。几年后，他在一家疯人院里去世了。"

他们又谈了一会儿。奈杰尔和乔治娅依依不舍地离开了这位令人愉悦的将军。他们驱车穿过科茨沃尔德连绵的山丘,一路上,奈杰尔话很少。这下,他能看清事情的全貌了,而且很是厌恶。他恨不得让司机直接开回伦敦,远离这桩该死的令人难过的案子。可现在恐怕太迟了。

他们回到了塞温布里奇,汽车上了砾石车道,来到安格勒宾馆。这个幽静的宾馆似乎有某种不同寻常的躁动气氛。门前站着一名警察,草坪上聚集着一帮人。他们的汽车靠近时,一个女人从人群中跑出来,那是莱娜·罗森。她朝汽车奔跑过来,浅黄色的头发飞舞着,眼睛里全是焦虑的神色,她喊道:"谢天谢地,你们回来了!"

"怎么啦?"奈杰尔问,"是费利克斯?"

"是菲尔,他不见了。"

第四部

罪恶昭然

布朗特警长留了话,让奈杰尔一回来就去趟警局。车往警局开的时候,他回想着菲尔失踪的事,把莱娜和费利克斯杂乱无章的叙述拼凑到一起。昨晚奈杰尔遇袭,酒店里一片混乱,谁也没注意到菲尔吃早饭的时候不在宾馆。费利克斯下楼吃饭时,以为菲尔已经吃了早饭;乔治娅一直忙着照顾奈杰尔;宾馆服务员以为这个男孩去妈妈家吃早饭了。直到上午十点,女佣进入菲尔的房间,发现床铺根本没有被睡过的痕迹,大家这才意识到,他失踪了。女佣在柜子上还发现了一个信封,是给布朗特警长的。信里写了什么,布朗特没有透露,但奈杰尔觉得自己能猜个八九不离十。

费利克斯焦虑得几乎疯狂,奈杰尔从没像现在这样为他感到难过。他希望能帮助费利克斯避开必将到来的悲剧,但他知道,已经迟了。事情已经发生,已经没有制止可能,就像是一场雪崩,一艘已经启航的轮船,谁也阻挡不了。乔治·拉特利在乡村小路上撞到马迪·凯恩斯的那一刻,悲剧就开始了。甚至可以说,在菲尔·拉特利出生之前,悲剧就开始了。最近种种不过是悲剧的发展,现在,就只剩下尾声了。这尾声将会很长、很痛苦。无论费利克斯、维奥莱特、莱娜和菲尔余生有多长,他们的生命不到尽头,尾声便不会结束。

奈杰尔在警局里找到了布朗特警长,虽然有所克制,警长还是露出了胜利在望的模样。他告诉奈杰尔,警方正在大力寻找菲尔:监控火车站和汽车站,通知了汽车协会的人,询问了货车司机。找到他只是时间问题。

"不过,"布朗特严肃地补充,"结果怎么样,是生是死,难说。"

"天,你不会真认为他会那样做吧?"

警长耸了耸肩膀,两人间的沉默让奈杰尔难以忍受。他激动地说:"这不过是菲尔的一次堂吉诃德式行动。我那晚察觉到灌木丛里有动静,现在想来那肯定是菲尔。他听见你说要逮捕费利克斯,而他对费利克斯极其钦慕。所以他以为,自己一跑,就能转移警方的注意力。他肯定是这样想的。"

布朗特看着他,严肃地摇了摇头:"斯特雷奇威先生,我也希望能这样想。但现在这么想没用了。我知道,毒死乔治·拉特利的人是菲尔。可怜的孩子。"

奈杰尔张口想说什么,却被警长打断道:"你自己说过,问题的答案肯定在凯恩斯先生的日记里。昨天晚上,我又把日记读了一遍,有了初步推论,后来发生的事进一步证实了我的想法。我按照线索出现的顺序给你讲一讲。首先,菲尔很憎恶父亲对待母亲的方式,乔治·拉特利经常霸凌妻子,菲尔曾和凯恩斯先生倾诉过此事,凯恩斯先生当然毫无办法。现在,你回想一下他日记里描述的那次晚餐聚会。他们在谈论剥夺生命权的问题,凯恩斯先生说,如果一个人让周围人的生活非常痛苦，那么杀死他就是正当的。后来，你记得吗，日记里也写了，菲尔问了个问题，凯恩斯先生在日记里写道，'我们都忘记了他还在场。他最近才获得许可，晚饭可以吃得迟一些'。恐怕我们都忘了这个小男孩在那儿，一直在那儿。我甚至都没采集他的指纹。好了，想想凯恩斯先生那番关于杀掉社会害虫的无心之论，会对一个涉世未深又带点神经质的孩子产生什么样的影响？菲尔正为父亲虐待母亲发愁，这时候他最崇拜的人公开说，人有权利杀死让他人生活痛苦的人。记住，菲尔对凯恩斯极其信任，如果得到崇拜对象的赞同，他什么事都做得出来。还有，菲尔曾向凯恩斯求助，请他想点办法，但求助没有结果。你自己也经常说，菲尔的成长环境，足以让任何孩子心理失衡。好了，你看，犯罪动机有了，心理状态也有了。"

"史弗纳姆将军今天上午告诉我，菲尔的爷爷，也就是伊瑟尔·拉特利的丈夫，死于一家疯人院。"奈杰尔自言自语般轻声说。

"这就对了，家族遗传。现在来看作案手段，小男孩常去修理厂，这一点在凯恩斯的日记里也能找到证据——他说，乔治曾带菲尔一起去修理厂垃圾堆旁边，用气枪打老鼠。对菲尔来说，拿走一点杀虫剂再容易不过了。上周，乔治和维奥莱特之间发生了激烈争吵，菲尔看到妈妈被打倒，还试图保护她。肯定是吵架的场景，让这可怜的孩子最终下了决心，或者一下子神经错乱了，随你怎么说吧。"

"可是，怎么解释这匪夷所思的巧合？菲尔选择下毒的日子，刚好和凯恩斯谋杀乔治是同一天。"奈杰尔不解地说。

"倒也没那么匪夷所思，你想，他父母就是前几天吵架的。也有可能根本不是巧合,日记就藏在凯恩斯房间的地板下,菲尔经常在那个房间进进出出,还在那个房间里上课。小男孩常常能够发现松动的地板下藏的东西,说不定他早就知道那个地方了,也许以前还在那儿藏过自己的秘密宝贝呢。"

"菲尔那么喜欢费利克斯,为什么要在费利克斯谋杀乔治的同一天下毒?那会牵连到费利克斯啊。"

"你想太多啦,斯特雷奇威先生。记住,我们正在分析的,是一个小男孩的心理。我推测,如果不是巧合,那就是这样的情况:菲尔发现了凯恩斯的日记,知道凯恩斯计划淹死乔治。可他看到父亲平安归来,知道凯恩斯的计划失败了,他就自己下了毒。他应该根本没想到这样做会牵连到费利克斯,因为他不知道乔治也发现了日记,并将日记交给了律师。我知道,这样解释有些牵强。所以总体而言,我相信两次蓄意谋杀发生在同一天,是巧合。"

"是的,这听起来恐怕有点道理。"

"还有几点,星期六晚饭后,乔治中毒后药性发作,莱娜·罗森走进餐厅,注意到桌子上那瓶保健品。她武断地认为费利克斯下了毒,慌乱之下,她只想着如何把瓶子处理掉,于是她走到窗边,想把瓶子扔到窗外,却看见菲尔把脸贴在窗户玻璃上。他在那儿干什么?如果他是无辜的,那么他父亲生病了,他不应该想办法帮忙,比如跑跑腿、拿拿东西吗?"

"我了解菲尔这孩子,我看他更有可能跑得远远的,跑回自己的房间,关上门,试图把可怕的场景抛在脑后……反正是要逃开。"

"我认为你说得对。谁都不会想到,他会隔着窗户盯着餐厅,除非他自己下了毒,想看看房间里有没有人,如果没人,他就进来拿走瓶子藏起来。他是个胆小的孩子,知道自己做了错事,想把犯错的证据藏起来,也很自然。后来呢,他告诉你瓶子藏在哪儿,并且爬上了屋顶去拿瓶子。"

"为什么呢?他自己下了毒,不是要把瓶子藏起来保护自己吗?"

"因为他知道了,莱娜跟你说,她把瓶子给了他。他无法假装什么也不知道,唯一能做的就是把瓶子毁了。他尽了最大努力,先是把瓶子从屋顶上丢下来,发现我在搜集瓶子碎片,他就像发疯了一样朝我扑来,你也看到了,他有多激动。有一刻,我以为他疯了。现在我才知道,他的确是疯了,早就疯了。他可怜而疯狂的小脑袋里,只想着用什么办法毁掉瓶子。我们一直认为他举止奇怪,是出于对费利克斯的忠心。我们从没想过,他一直试图保护的人是他自己。"

奈杰尔往后一靠,用手指挠着脑袋上的绷带,想起了什么:"既然有罪的是菲尔,那你却相信昨晚砸我脑袋的人是费利克斯,这怎么解释?"

"不是费利克斯,砸你的人是那个小男孩。我认为过程是这样的,他下定决心要逃走,夜半时分,他摸黑爬下楼。刚下楼梯,他就听到写字室的门开了。他知道有个人拦在他和前门之间,而他正打算通过前门离开宾馆。他也知道,刚刚走出写字室的那个人,很可能马上就会打开大厅里的灯,那他就会被人发现。缩到墙边的时候,他碰到了那根球杆,恰好有人把球杆丢在那儿,就靠墙放着。当时菲尔害怕、绝望，这可怜的孩子已经无路可走。于是他拿起球杆，在黑暗中胡乱抡了一下，去打拦住他去路的那个黑影。他打中了你，你倒在地上。做了这样的事情，菲尔吓坏了。他害怕开灯，也害怕躺在他和前门之间的那个人影。他记得餐厅有落地窗，于是从那边溜走了。窗户上有他的指纹，我们和他留在卧室里的指纹进行了比较。"

"他害怕人影？"奈杰尔疑惑地问，"所以他跑出了酒店？"

"这有什么问题吗？"

"没有。是啊，我肯定他就是这么做的。从今以后，如果有人说警方没有想象力，我一定给你们打抱不平。对啦，你有空一定要见见史弗纳姆将军，你也许能改变他对高地人的看法。"

"请叫我们苏格兰人。"

"说正经的，布朗特，你把案情梳理得很合理，可这些还是推测啊，是不是？你没有一丁点儿切实证据能证明犯人是菲尔。"

"有一丁点儿小纸片。"警长严肃地说，"一张小纸片，他留在房间里给我的一封信，也是坦白书。"说着，他给奈杰尔递过一张印有横线的纸来，是从作业本上撕下来的。奈杰尔读道：

亲爱的布朗特警长，

凶手不是费利克斯，是我把毒药放进了药瓶。我恨爸爸，因为他对妈妈太坏了。我要跑了，跑到你们找不到的地方去。

敬礼

菲利普·拉特利

"可怜的孩子，"奈杰尔喃喃地说，"这事太悲惨了。天哪，这都是什么想法啊！"他急切地说道，"听我说，布朗特，你一定要找到他，要快。我害怕会出事，菲尔什么都干得出来。"

"我们尽力。不过呢，我们不能……不能及时找到他，也许更好。你知道，否则他要被送进精神病院。我都不敢想，斯特雷奇威先生。"

"这不用担心，"奈杰尔用异常热切的眼神看着布朗特，"先找到他，你们一定要在他出事之前把他找到。"

"会找到他的，相信我。这点恐怕没什么好怀疑。他走不远的，除非顺着河坐船下去。"布朗特面色忧伤地说。

五分钟后，奈杰尔回到了安格勒宾馆。费利克斯在门口等着，眼里充满焦虑，嘴唇颤抖着，似乎有很多问题要问。

"他们……"

"我们去你房间好吗？"奈杰尔急忙说，"我有很多事情要告诉你，这里不太方便。"

到了费利克斯的房间，奈杰尔坐下来。他的头又开始疼了。有一刻，整个房间在他眼前旋转。费利克斯站在窗前，望着那优雅的河湾和闪亮的河面，他和乔治·拉特利曾在那儿开船。他的身体绷得紧紧的，他感到舌尖和心口都被重物压着，难以忍受，他一整天都在想着的那个问题，此刻却问不出口。

"菲尔坦白了，你知道吗？"奈杰尔轻声问道。费利克斯突然转过身来，双手抓着身后的窗台。

"他坦白说，毒死乔治·拉特利的人是他。"

"疯了吧！这孩子肯定是疯了。"费利克斯喊道，他神情激动，近乎失控，"他不可能杀人，布朗特没当真吧，啊？"

"很遗憾，布朗特的推理非常有说服力。菲尔的坦白书呢，就算是盖棺定论了。"

"菲尔没有杀人，他不可能干那种事。我知道他没干。"

"我也知道。"奈杰尔语气平和地说。

费利克斯疯狂挥舞的手在空中戛然停住，满脸疑惑地盯着奈杰尔看了一会儿。然后，他低声问："你确定？你怎么知道的？"

"因为我终于找到了真凶。我需要你帮我补充一些细节，然后再决定下一步怎么办。"

"继续，真凶是谁？快点告诉我啊！"

"你记得西塞罗那句话吗，应该出自《论义务》那本书。'In Ipsa dubitatione facinus inest'——'心中之罪在犹豫中昭显'。很遗憾，费利克斯。你这人太好了，不应该去杀人。借用史弗纳姆将军今天上午跟我说的话，你良知的负担太重了。"

"我明白了。"费利克斯使劲咽了口唾沫，在令人震惊的沉默中丢下了这几个字，然后他勉强笑了笑，说，"很抱歉给你添了这么多麻烦，你为我付出了那么多努力，现在却得出这样的结论，对你来说肯定不是什么好玩的事。在一定程度上，我很高兴这件事情要收尾了。只是菲尔那份坦白书打乱了我的计划。我得和警方解释。他为什么要这么做呢？"

"他崇拜你。他无意中听到布朗特说要逮捕你，菲尔想用这个方法帮助你。"

"天,为什么是他?他总让我想起马迪,要是马迪还在的话该多好。"说着,费利克斯瘫坐到椅子上,双手捂着脸,"他不会……做傻事吧,你觉得呢?那我永远也不会原谅自己。"

"不会,肯定没有。你不必为此担心。"

费利克斯抬起头来。他脸色苍白、紧张,但最剧烈的痛苦已经结束了。他问:"告诉我,你究竟是怎么发现的?"

"错误就是你的日记,费利克斯,你出卖了自己。正如你日记开头所写,'无论罪犯信心满满还是谨小慎微,超我都会强迫罪犯出现口误,引诱他过于自信,让他留下罪证,成为秘密线人'。你希望日记成为你良知的某种安全阀,然而,当你发现自己无法杀死一个罪行未经证实的人,你改变了计划,日记变成了你新计划的主要工具——正因如此,日记也就出卖了你。"

"看得出来,你什么都知道了。"费利克斯冲奈杰尔尴尬地笑笑,说,"我恐怕低估了你的智力,我应该请一个笨一点的帮手。抽根烟吧,罪人也可以抽最后一根烟,是吧?"

奈杰尔永远也忘不了这最后的一幕。

阳光洒在费利克斯留着胡子、苍白的脸上,香烟的烟雾在阳光中盘旋上升。他们平静地讨论着费利克斯的罪行,几近学术探讨,仿佛那不过是他某部侦探小说中的情节。

"你看,"奈杰尔说,"在你试图把乔治推下采石场的悬崖之前,你的日记都非常关心一个事实,那就是你无法证明是乔治撞死了马迪。

但是，那之后，你却将他的罪行看成理所当然。正是这两者之间的差异，让我找到了正确的突破口。"

"我明白了。"

"我们一直认为，你在采石场没能把乔治推下悬崖，是因为他开始怀疑你的动机。他为什么要撒谎，说自己有眩晕症？那时候我们以为，他对你起了疑心，想继续陪你玩下去。但昨天晚上，我把你的日记又读了一遍，突然想到，也许撒谎的人是你呢？假设你已经让乔治走到了悬崖边，正设法把他撞下去，可就在那一刻，你发现自己下不了手，因为你无法证明他就是谋害你儿子的凶手。我说得对吗？"

"你说得很对，是我太软弱。"费利克斯愤愤地说。

"不能说这种性格不好，但恐怕你的性格出卖了你。那晚你在花园里已经告诉了我们日记的事，还有你对乔治的憎恨，却不愿再和莱娜有任何瓜葛，你又一次出卖了自己。你要和她分手，是因为你不想让她和一个杀人犯有瓜葛。在这桩案子里，菲尔不是唯一的堂吉诃德啊！"

"拜托，别再谈论莱娜了。这件事让我感到羞耻。你明白吗，我后来真的喜欢上她了，可我曾将她视为棋子。请原谅我的陈词滥调。"

"好，让我们回到刚才的话题。采石场事件之后，我把你所有的行动重新想了一遍。我的猜想是，你首先想要从乔治那里获知真相，只有等乔治亲口承认撞死了马迪，你才会下定决心杀掉他。要杀掉一个有可能无罪的人，你犹豫了。这种犹豫也昭显出你的罪行。你当然可以直接问他有没有杀害马迪，但他只会一口否认，将你赶出他的家。

所以,你有意让他心生猜疑,让他自己来打探你的底细,用这种绕弯子的方法告诉他,你想要杀掉他。"

"我不明白你怎么会得出这样的结论。"

"首先,你想办法受邀住进了拉特利的家,尽管不久之前你还说过,世界上没有任何东西能让你和他同住一个屋檐之下,而且日记被人发现的风险也会因此大大提高。但我们假设一下,如果你新计划的一个关键步骤,就是让乔治发现你的日记呢?还有,记得吗,是你自己有意引导他去寻找日记的。卡尔法克斯夫妇在场的那次聚餐,你跟他们说过,你在写一部侦探小说。有人提议你朗读一部分作品,你假装非常生气,还用很聪明的方法向乔治暗示,你可能会把他写进小说里。这样一来,乔治这种人肯定忍不住要到处去找你的手稿。而且就在几天前,你还不露声色地告诉他,你的真名不是费利克斯·莱恩。"

费利克斯难以置信地盯着奈杰尔,片刻之后,他脸上慢慢露出了恍然大悟的神色。

"史弗纳姆将军今天上午告诉我,8月12日,星期四,他见过你,或者说他以为见过你,在切尔滕汉姆一家茶室里。你和一个留着大胡子的大个子在一起,将军准确地称他为'坏蛋'。显然,那是乔治·拉特利。史弗纳姆每周四下午都到那家茶室去,你是他朋友,这一点你肯定知道。既然知道,就绝不会和乔治一起在星期四下午去那儿——除非,你想要将军认出你是凯恩斯,并和你打招呼。实际上就是这样,乔治听见将军在你身后喊'凯恩斯',心里立即会想,你和他开车撞倒的那个马迪·凯恩斯有什么关系呢?顺便说一下,这件事是史弗纳姆主动跟我说的。我马上明白了你为什么不希望我和他见面。"

"非常抱歉,我不应该砸伤你的脑袋。我昨天真的疯了,那不过是为了推迟你和史弗纳姆的谈话。那老头子话太多,我就担心他可能跟你说茶室的事。不过说实话,我真的尽力了,没下手太重。"

"没关系,人生嘛,有好事也有坏事。布朗特认为,昨晚是菲尔打了我,并且逃走了。布朗特的推论很合理,但他无法解释为什么我醒来时发现衬衫扣子被解开了。你不会解开对方的衬衫确认对方心脏是否还在跳动,除非你担心出手太重。如果是菲尔,他一定会吓得赶紧走开,远离我,这一点布朗特也承认。如果杀死乔治的不是你,而是别人,认为我快找到真相所以要杀人灭口,那他就会把我往死里打。如果他发现我心脏还在跳动,肯定还会继续打。"

"所以呢,摸你心脏的人就是我。所以呢,是我杀了乔治。没错,恐怕这就是我的致命漏洞。"

奈杰尔给费利克斯递过一根烟,为他划着了火柴。他的手抖得比他朋友要厉害得多。他只能假装这是在对某一桩想象中的案子进行客观讨论,否则根本无法继续谈话。尽管两人心知肚明,他还是继续说了下去,逐一陈述每个细节,也延迟了那最后时刻的到来。到时候他或费利克斯终将决定下一步,也就是最后一步,该怎么走。

奈杰尔说:"8月12日,你在茶室里遇到了史弗纳姆将军。但那一天你的日记里没有记录这件事。你说,你在河上度过了一个愉快的下午。有趣的是,你竟然伪造了这篇日记。对不起,这么说显得我特别冷血。其实没有必要,乔治反正也会读到这篇日记。而且,假装你没去过切尔滕汉姆很危险,警方会调查你的行踪,早晚发现这个漏洞。"

费利克斯回答:"写那篇日记的晚上,我既激动又烦躁。茶室里的事,是我新计划的第一步,有点草率。想来是这件事让我失去了判断力。"

"我也是这样想的。本来你8月12日的日记就让我觉得有些反常,你提出了关于哈姆雷特延迟复仇的新说法。你解释得太多,多少有些虚假,有些文学化。说明你不希望你想象中的那位读者知道你延迟复仇的真正原因——那就是,你还没找到他犯罪的证据,所以下不去这个手。当然,这也是哈姆雷特犹豫不决的真正原因。但你搞出了所谓延长'复仇的甜美期待'理论,就是不希望别人发现,你真正的问题是过于敏感的良知。"

"能看出这一点,你很聪明。"费利克斯说。在奈杰尔看来,费利克斯承认这一点,有种让人怜悯的意味,他声音轻柔,略带失望,好像奈杰尔在他某本书里发现了一个败笔一样。

"后来的日记里,你还谈到了这一点。人概是这样的:'是因为平静细微的声音吗?亲爱的读者,也许你这样猜想。但你错了,干掉乔治·拉特利,我不会有丝毫的道德顾忌。'你试图假装自己没有良知,但良知就在你的行为之中,在日记的字里行间。希望你不要介意我继续说。我要把事情都理顺,至少在我自己大脑中理顺。"

"继续说吧,随你。"费利克斯勉强笑了笑,说,"越长越好,像《一千零一夜》那样吧。"

"好,假设现在你知道乔治会读到日记,那么你的河上计划就只是个幌子。如果你真想把乔治淹死在河里,那你就不会把细节都写进日记,然后又引诱他去读。所以我问自己,为什么要搞帆船这么一出戏呢?答案是,你这么做,就是为了逼乔治坦白认罪,对吗?"

"对。顺便说一下,我那时已经确定乔治咬了钩。一天,我发现地板下的日记位置略有不同。显然,让乔治明白我就是凯恩斯,要来取他的命,这还不够。他身上背着杀人官司,所以他不敢来揭穿我的身份,除非某件事关系到他的生死。因为这个原因,他才允许我继续执行计划,直到我带着他下了水,提议让他顺风掌舵。当然,他自以为已经做足准备,因为出发之前,他就把日记寄给律师了。我能猜到他会这么做。在帆船上,我们两人都非常紧张。毫无疑问,乔治心里在揣测,我有没有胆子继续执行计划。我的心也悬到了嗓子眼儿,就等着看他知不知道处境有多危险,看看到了最后一刻,他会不会承认是他撞死了马迪。我告诉你,我们两人都紧张得要命。当然,如果他真的接受了我的提议,顺风掌舵,那就说明他根本没读过我的日记。那样的话,等我们回到他家,我就会把那瓶药水倒掉。"

"这么说,最后他承认啦?"

"是啊。我们掉过船头,我让他掌舵开船,他果然爆发了。他说知道我要搞什么名堂,他已经把日记寄给律师了,等他死后律师会打开。然后他试图敲诈我,让我花钱把日记买回去。那是我生命中最糟糕的时刻。你看,我比较确定是他杀了马迪,否则绝不会等到那么迟才跟我摊牌。因为犹豫泄露罪行的人,不止我一个。但我还是没有掌握绝对的证据。我向他指出,日记里记录了马迪的死,所以公开日记对他没有任何好处，他完全可以蒙混过去，可以假装他对马迪的事一无所知。但实际情况是，他承认了。他承认这件事是个僵局，等于承认了他要为马迪之死负责。也就是说，他这样做是在自寻死路。"

奈杰尔站起身，走到窗前，感到头晕，心烦。这场对话给他带来了巨大的情感压力，尽管他努力克制，身体仍然感到不适。他说："从我的角度看，淹死乔治的计划是个幌子，从没想过要真正执行，只有这样才能解释另外一个难点。"

"哪个难点？"

"恐怕又要谈到莱娜了。你看，如果溺死乔治的计划真打算执行，如果那就是你杀死乔治的唯一计划，那么在死因调查时，你将不得不说出真实身份。那么莱娜就会知道你是马迪·凯恩斯的父亲，她立即就会怀疑所谓的'意外'恐怕另有隐情。当然，她也许不会出卖你，但我想，你不会将自己的性命交到她手里。"

"她对我的爱，我一直有意视而不见。"费利克斯认真地说，"一开始我就骗了她，所以我无法真正相信她没在骗我。我以为她是为了钱接近我。我是个一无是处的东西，我要是死了，对这个世界没什么损失，对我自己也一样。"

"另一方面，如果你毒死乔治，知道日记会成为证据，那么弗兰克·凯恩斯的整个故事都会公开，你就得接受那样的结果。但你需要让所有人怀疑，你想淹死乔治的计划才是真的：你打算那天下午淹死乔治，却因为他意外知道了你的计划，所以才没成功。如此一来，谁也无法想象，你竟然还另有安排，要在当天晚上毒死他——你认为警方会这样推理，是不是？"

"是的。"

"聪明绝顶的想法，我也上了当。不过对布朗特来说，有点太复杂了。甲承认计划杀死乙，乙被人杀了，因此杀人的很可能就是甲。他的大脑就是这样推理的。高估警察的复杂心理，或者低估他的常识，总是危险的。还有，你没怎么给警方机会，让他们去怀疑过别人。"

费利克斯脸红了："听我说，我还没坏到那个程度。难道我会把罪行推到某个无辜者的头上？你不会真这样想吧？"

"不，我肯定你不会的。但日记里某些内容，一度让我觉得老拉特利太太是凶手。布朗特之所以认定菲尔是凶手，很大程度也因为你的日记。"

"把伊瑟尔·拉特利送上绞刑架，我觉得没什么，这点我承认。她把菲尔的生活毁得不成样子。不过我并没有想过要让大家去怀疑她。至于菲尔呢，你知道，我宁愿死了，也不会让他受到伤害。"费利克斯压低了声音继续说，"事实上，真的是菲尔杀了乔治·拉特利。一定程度上可以这么说。要不是每天看着乔治给菲尔带来的可怕影响，我有可能气馁、害怕，放弃杀死乔治的念头。那就像每天看着我的孩子在被人压抑、折磨一样。天哪！我做了这么多，万一最后一场空呢？万一菲尔真的……"

"不会，菲尔没事。我非常肯定，他不会做傻事。"奈杰尔尽量让自己的声音听起来更可信，"那你当初是怎么想的，你希望乔治的死会被如何定性？"

"当然是自杀。可后来莱娜拿走了瓶子,让菲尔藏了起来。我想,这也算是我应得的报应。"

"乔治自杀的动机是什么?"

"我知道当天下午他回到家,一定会非常激动。人们也会注意到这一点。验尸官总会问'死者情绪正常吗'之类的问题。我想,警察可能会认为他是一时冲动而自杀的,害怕大家知道马迪之死的真相,诸如此类。而且我知道回去的时候他会到修理厂拿车,所以很容易拿到毒药。不过,我并没怎么去想他自杀的动机。我就想在他进一步伤害菲尔之前,把他给除掉。"费利克斯停了一会儿,"奇怪的是,整整一个星期,我都担心得要死,到了现在这一步,我好像又无所谓了。"

"事情走到这一步,我感到非常难过。"

"这不是你的错。你还是比我更胜一筹。布朗特现在要逮捕我吗?"

"布朗特还不知道,"奈杰尔缓慢说,"他仍然认为是菲尔干的。这是好事,这样他找菲尔就会更加卖力。他要维护自己作为警察的声誉。"

"布朗特还不知道?"费利克斯站在柜子旁边,背对着奈杰尔,说,"我想,也许你未必胜我一筹。"他打开一个抽屉,转过身来,眼里闪着狂热的光,一只手拿着一把左轮手枪。

奈杰尔放松地坐在那儿,除此之外他也做不了别的。两个人相隔不远。

"今天上午菲尔消失以后,我到拉特利家去找了。我没找到他,却找到了这把枪。是乔治的,我想也许能用得上。"

奈杰尔皱着眉头打量费利克斯，关切中带着些许不耐烦，说："你不会要开枪打我吧？说真的，没必要……"

"亲爱的奈杰尔！"费利克斯喊道，露出苦笑，"我怎么能往那上面想？不是，我想给自己行个方便。我参加过一次谋杀案的审判，我可不想再参加第二次了。我想做个了断，你会反对吗？"他认真地冲着手枪做了个鬼脸。

奈杰尔想，他的意志力极为可怕，他的自尊也过于强烈。尊严，还有作家对情节高潮的完美要求，让他能坦然面对放弃肉体的时刻。面对难以忍受的压力，我们都有将场景戏剧化的倾向，我们用这种方法缓和现实，让极端的痛苦变得可以忍受。

足足过了一分钟，奈杰尔才说："听我说，费利克斯。我不想把你交给布朗特，因为我觉得乔治·拉特利的死，并不是这个世界的损失。但是，这件事我也没法隐瞒。除了考虑菲尔，也不能辜负布朗特对我的信任。你写一份坦白书，最好是我说、你写，不会遗漏任何关键点，然后用酒店信箱寄给布朗特。如果你能这样做，那我就去睡午觉了。现在我的脑袋嗡嗡响，太渴望睡上一觉。"

"英国人出众的妥协能力，"费利克斯怀疑地看了他一眼，"我应该为此向你表示感谢。可我要心存感激吗……嗯，总比手枪好……不会弄得脏兮兮的。我要继续战斗，如鱼得水啊！"

费利克斯的眼睛再次兴奋地亮了起来。奈杰尔困惑地看着他。

"如果我能去莱姆里吉斯，我的帆船在那儿。他们绝不会想到我会往那里逃。"

"可费利克斯,你没有机会到那儿……"

"我真的不觉得我需要什么机会。马迪死的那一刻,我的人生已经终结了。现在我知道了,我不过是回来多活了几个星期,救下了菲尔,仅此而已。我愿意死在海上,换换口味,去面对干净的敌人:海风、海浪。但是,他们会让我跑那么远吗?"

"有机会,布朗特和警方都在找菲尔。就算他派人盯着你,现在估计也走开了。你的车在这里,而且……"

"而且我可以刮掉胡子!天,没准我真能蒙混过关。我说过,有一天我会刮掉胡子,溜出警方的警戒线。那天晚上在花园里说的,记得吧。"

费利克斯把手枪扔进抽屉,拿出剪子和剃须刀,开始刮起胡子。然后,奈杰尔站在他身旁,看着他逐字逐句地写下了坦白书。奈杰尔又和他一起走到楼梯口,看着费利克斯把信丢进了邮筒。两人在房间里又待了一会儿。

"开车到那儿,大概要三个半小时。"

"如果布朗特晚上才回来,你就会没事的。我跟莱娜说一声,让她别声张。"

"谢谢,这件事你帮了我大忙。还有……我出海之前,想知道菲尔平安无事的消息。"

"我们会替你照顾好菲尔。"

"还有莱娜,告诉她这样更好,好得多,诸如此类。不,告诉她我爱她。她对我太好了,我受之有愧。好啦,再见啦。今天晚上或者明天,我这一生就完结啦。死后还有什么吗?发生了这么多该死的事,如果真能搞清楚前因后果,倒也不错。"他冲奈杰尔咧嘴一笑,"那我就成了'知晓万物缘由的幸运之人'①啦。"

奈杰尔听见了汽车发动的声音。可怜的人,他喃喃道,他相信费利克斯还有机会驾着帆船,等待风起。接着,他起身去找莱娜……

---

① 引自维吉尔《农事诗》第 2 卷第 490 行。原文为拉丁文,其中的"Felix"(幸运之人)与英文名"费利克斯"拼写相同。

尾声

奈杰尔·斯特雷奇威所存拉特利案档案中的媒体剪报——

摘自《格洛斯特郡信使晚报》：

昨天上午，从塞温布里奇家中失踪的男孩菲利普·拉特利，今天在夏普内斯被人找到。孩子的母亲维奥莱特·拉特利在接受晚报记者采访时说，"菲利普溜上了一艘塞温河的驳船。今天上午，驳船在夏普内斯卸货时，有人发现了他。他在离家出走的过程中，没有受到任何伤害。他父亲去世后，他一直非常焦虑"。

菲利普·拉特利的父亲乔治·拉特利是塞温布里奇颇有名望的居民，警方正在调查他的死因。负责调查本案的苏格兰场布朗特警长今天上午告诉本报记者，他有信心尽快抓捕嫌犯。

弗兰克·凯恩斯自昨天下午从塞温布里奇的安格勒酒店失踪以来，迄今仍然没有消息。他一直住在该酒店，警方曾希望就乔治·拉特利之死对他进行讯问。

摘自《每日邮报》：

昨天下午，一名男子的尸体在波特兰岛被冲上海岸。经证实，该男子为弗兰克·凯恩斯。他与拉特利谋杀案有关，警方一直在寻找他。上周末，强劲的西南风将凯恩斯的帆船"特莎号"的残骸吹到了岸边，随即被人发现，因此警方将这片海岸确定为主要调查范围。

凯恩斯是公众熟悉的犯罪题材小说家，其笔名是费利克斯·莱恩。

此前延期的乔治·拉特利死因调查会，将于明天在塞温布里奇开庭。

奈杰尔·斯特雷奇威的备注：

最让我伤心的案子结束了。恐怕布朗特仍然对我有所怀疑。他以最礼貌的方式向我暗示，"凯恩斯就这样从我们手里溜走，真是太遗憾了"。说这话的时候，他目光犀利冰冷，比直接指责更令人心中不安。不过，我还是很高兴，我给了费利克斯一个机会，让他以自己喜欢的方式离开。这是件惨不忍睹的事，但至少他的结局干干净净。

在勃拉姆斯四首《庄严之歌》的第一首中，引用了《传道书》第3章第19节[1]，如下："野兽会死，人亦会死，两者殊途同归。"

就用这句话作为乔治·拉特利和费利克斯的墓志铭吧。

---

[1] 原文是："因为世人遭遇的，兽也遭遇，所遭遇的都是一样。这个怎样死，那个也怎样死。气息都是一样。人不能强于兽，都是虚空。"此处，野兽也可引申指代恶人，无论义人还是恶人，两者的躯壳都将归于尘土，但灵魂的归处又是否一样呢？

图书在版编目（CIP）数据

禽兽该死 /（英）尼古拉斯·布莱克著；周小进译. ——上海：上海文艺出版社，2023
（尼古拉斯·布莱克桂冠推理全集）
ISBN 978-7-5321-8705-8

Ⅰ.①禽… Ⅱ.①尼… ②周… Ⅲ.①推理小说－英国－现代 Ⅳ.①I561.45

中国国家版本馆CIP数据核字（2023）第040307号

禽兽该死

著　者：[英]尼古拉斯·布莱克
译　者：周小进
责任编辑：陶云韫
装帧设计：周艳梅
版面制作：费红莲
责任督印：张　凯

出版：上海文艺出版社
出品：上海故事会文化传媒有限公司
　　　（201101 上海市闵行区号景路159弄A座3楼 www.storychina.cn）
发行：上海文艺出版社发行中心
　　　（上海市闵行区号景路159弄A座2楼206室）
印刷：上海中华印刷有限公司
开本：889毫米×1194毫米　1/32　印张8.25
版次：2023年4月第1版　2023年4月第1次印刷
ISBN：978-7-5321-8705-8/I.6855
定价：45.00元

版权所有·不准翻印

上海故事会文化传媒有限公司出品（01112）www.storychina.cn

上海故事会文化传媒有限公司所有图书可办理邮购，免收邮费（挂号除外）
汇款地址：上海市闵行区号景路159弄A座2楼206室（201101）
收款人：上海故事会文化传媒有限公司出版发行部
联系电话：021-53204159
如发现本书有质量问题，请与印刷厂质量科联系T：021-60829062

想看更多精彩故事？
扫码下载故事会APP